UIZLIN

PUZZLE DI ANZIANI PER CARATTERI GRANDI

cruciverba

livello intermedio versione italiana Vol 01

Versione precedente

Livello.02

Orizzontali

1 (Prima persona plurale dell'imperfetto presente di) consegnare o porgere un oggetto a qualcuno

4 (Prima persona singolare dell'indicativo presente di) mettere giù qualcosa

(Prima persona singolare dell'indicativo presente di) stare in posa, farsi ritrarre o fotografare

7 Nega il significato di ciò che segue

8 (Seconda persona singolare dell'imperfetto di) portare rispetto con devozione a un Dio

(Seconda persona singolare dell'imperfetto di) amare immensamente qualcuno

10 (Prima persona singolare dell'indicativo imperfetto di) mettere insieme

12 Indica il moto attraverso un luogo: "Sono passato ... il centro"

Indica destinazione: "Questo è il treno ... Londra"

14 L'atto di usare

Usanza

15 (Plurale di) il frutto dell'ulivo usato a scopo alimentare sia per l'estrazione dell'olio

17 Strumento che ha la funzione di illuminare

20 (Seconda persona singolare dell'indicativo presente di) rischiare pur intuendo probabili conseguenze negative

21 Sentimento di forte inimicizia nei confronti di qualcuno o qualcosa

22 Strada urbana secondaria molto stretta

Verticali

1 Accumulo di sabbia modellato dall'azione dei venti

2 (Participio passato di) cedere, in cambio di moneta, la proprietà e/o l'uso di qualcosa

3 (Femminile di) che appartiene a me

5 (Terza persona dell'indicativo presente di) avere il coraggio, avere l'audacia

6 (Prima persona singolare del futuro di) provare un sentimento di forte inimicizia verso qualcuno o qualcosa

9 (Plurale di) emanazione volatile di un oggetto, percepita dall'uomo e dagli animali per mezzo dal naso

11 Terra emersa, circondata completamente dall'acqua

12 terza persona plurale dell'indicativo presente di premere

13 Specifica persona, animale, cosa lontani da chi parla

16 Alimento che viene ingerito dall'uomo o dall'animale

18 Nessuna volta; mai più: non ancora una volta ulteriore

19 (Seconda persona singolare del presente indicativo di) provare un estremo sentimento di benevolenza verso una cosa o una persona

1 d	a	2 v	a	3 m	o	■	4 p	5 o	s	6 o
u	■	e	■	i	■	■	■	s	■	d
7 n	o	n	■	8 a	d	9 o	r	a	v	i
a	■	d	■	■	■	d	■	■	■	e
■	■	10 u	n	11 i	v	o	■	12 p	e	r
13 q	■	t	■	s	■	r	■	r	■	ò
14 u	s	o	■	15 o	l	i	v	e	■	■
e	■	■	■	l	■	■	■	m	■	16 c
17 l	a	18 m	p	a	d	19 a	■	20 o	s	i
l	■	a	■	■	■	m	■	n	■	b
21 o	d	i	o	■	22 v	i	c	o	l	o

Orizzontali

1 prima persona singolare dell'indicativo futuro di alzare

4 (Seconda persona singolare del presente di) osservare attentamente di nascosto

7 (Plurale di) parte esterna di frutti, di arancia, la mela e simili

8 Materiale che si può allungare in modo notevole per poi tornare subito alla lunghezza iniziale

9 (Seconda persona singolare dell'indicativo imperfetto di) non agire per una certa quantità di tempo, in vista dell'arrivo di qualcuno o qualcosa

11 (Seconda persona singolare dell'indicativo imperfetto di) avere in possesso

15 (Arte, abbigliamento, architettura) Insieme di qualità formali proprie di un'opera artistica o letteraria: "lo ..... barocco"

16 (Prima persona singolare dell'indicativo presente di) scansare, tenere lontano, sfuggire; agire in modo da non fare qualcosa

17 Sostanza liquida che unge

18 prima persona singolare dell'indicativo presente di pedalare

Verticali

1 Momento, preceduto dall'aurora, in cui spunta il sole

2 Grande verdura arancione

3 (Seconda persona plurale del presente di) rendere pieno; compilare un documento

5 Dispositivo che usa energia meccanica per spostare liquidi o gas: "... di benzina."

6 Stato dell'Europa meridionale delimitata a nord dalle Alpi e confinante con Francia, Svizzera, Austria e Slovenia, è bagnata dal Mar Tirreno, canale di Sicilia, Mar Ionio, Mare Adriatico e Mar di Sardegna

8 seconda persona plurale dell'indicativo futuro di gettare

10 (Prima persona singolare del presente di) cambiare posizione di una o più cose

12 seconda persona singolare dell'indicativo presente di stirare prima persona singolare del congiuntivo presente di stirare

13 (Terza persona singolare del presente di) riprodurre in modo pedissequo e fedele i gesti, i modi e/o l'aspetto di un modello, sia esso una persona o una cosa

14 (Prima persona singolare del presente semplice indicativo di) assaporare qualcosa, appagare i sensi

Cruciverba (griglia completata):

1 a	l	2 z	e	3 r	ò	■	4 s	5 p	i	6 i
l	■	u	■	i	■	■	■	o	■	t
7 b	u	c	c	e	■	8 g	o	m	m	a
a	■	c	■	m	■	e	■	p	■	l
■	■	9 a	s	p	e	t	t	a	v	i
10 s	■	■	■	i	■	t	■	■	■	a
11 p	o	12 s	s	e	d	e	v	13 i	■	■
o	■	t	■	t	■	r	■	m	■	14 g
15 s	t	i	l	e	■	16 e	v	i	t	o
t	■	r	■	■	■	t	■	t	■	d
17 o	l	i	o	■	18 p	e	d	a	l	o

Orizzontali

1 Elemento curvo di delimitazione di due ambienti, poggiante su due sostegni verticali e sospeso su di uno spazio vuoto

3 Necessità di agire in modo rapido

7 (economia) (commercio) (finanza) diminuire il consumo di beni
(per estensione) (senso figurato) tenere denaro da parte per momenti successivi

9 Che appartiene a te

10 Anfibio simile a una rana

13 (Prima persona singolare del presente di) riprodurre in modo pedissequo e fedele i gesti, i modi e/o l'aspetto di un modello, sia esso una persona o una cosa

14 In mezzo a
Indica la distanza fra due luoghi

16 (Seconda persona plurale dell'imperfetto di) liberare ciò che si stringe insieme o si chiude in un'allacciatura, sciogliendone i nodi, sbottonando, slegando

18 Grande massa d'acqua salata che ricopre la superficie terrestre e separa i continenti

19 Senza la presenza di altri
Niente meno che...

Verticali

1 seconda persona plurale dell'indicativo presente di aprire
seconda persona plurale dell'imperativo di aprire

2 seconda persona plurale dell'indicativo imperfetto di custodire

4 Bevanda alcolica ottenuta dalla distillazione del succo o della melassa della canna da zucchero

5 prima persona plurale dell'indicativo presente di tramontare
prima persona plurale del congiuntivo presente di tramontare

6 Spazio limitato di terra

8 (Seconda persona singolare indicativo futuro semplice di) essere in possesso di

11 Attrezzo munito di manico utilizzato per spazzolare, specie pavimenti

12 (Prima persona plurale del futuro di) compiere un'azione
(Prima persona plurale del futuro di) realizzare o portare a termine qualcosa

15 (Prima persona singolare del presente indicativo di) andare fuori

17 Indica compagnia o unione: "Vado a scuola ... Marco"

1 a	r	2 c	o	■	3 f	4 r	e	5 t	t	6 a
p	■	u	■	■	■	u	■	r	■	r
7 r	i	s	p	8 a	r	m	i	a	r	e
i	■	t	■	v	■	■	■	m	■	a
9 t	u	o	■	10 r	o	11 s	p	o	■	■
e	■	d	■	a	■	c	■	n	■	12 f
■	■	13 i	m	i	t	o	■	14 t	r	a
15 e	■	v	■	■	■	p	■	i	■	r
16 s	l	a	c	17 c	i	a	v	a	t	e
c	■	t	■	o	■	■	■	m	■	m
18 o	c	e	a	n	o	■	19 s	o	l	o

Orizzontali

1 (Plurale di) stadio immaturo di sviluppo di una rana

4 (Plurale di) organo posto all'estremità del braccio, collegato a questo tramite il polso, formata da cinque dita

7 Un essere sovrannaturale

8 (Seconda persona singolare dell'indicativo imperfetto di) toccare più volte qualcuno o qualcosa con la lingua

10 (Seconda persona singolare del presente di) pretendere ciò che si reputa dovuto o necessario

12 (2ª persona singolare del presente semplice indicativo di) realizzare o portare a termine qualcosa

14 Indica che l'azione espressa dal verbo è un fatto trascorso: "Ho ... letto quel libro"

15 (Prima persona plurale dell'indicativo presente di) consegnare o porgere un oggetto; regalare, donare

17 Tutelare da un pericolo o dalla morte

20 Formazione anatomica di forma allungata e piatta la cui agitazione permette il volo in alcuni animali

21 (Seconda persona singolare dell'indicativo presente di) provare un sentimento di forte inimicizia verso qualcuno o qualcosa

22 (Seconda persona singolare del presente di) far avanzare corpi di forma sferica o cilindrica con movimenti rotatori

Verticali

1 (Seconda persona singolare dell'indicativo presente di) essere profondamente soddisfatto; appagare i sensi

2 (Terza persona singolare del futuro di) compiere l'atto della rotazione

3 Contrazione di in e il

5 (Terza persona singolare dell'indicativo presente di) provare un estremo sentimento di benevolenza verso una cosa o una persona; profonda passione per qualcosa

6 Attimo con cui si avvia qualcosa

9 Condizioni atmosferiche, tempo

11 Stato dell'Asia meridionale

12 Chi vende fiori

13 (Prima persona singolare del presente semplice di) procedere ad effettuare un'azione; (teatro) recitare

16 Estensione di territorio in un deserto che, per la presenza di pozzi d'acqua, è fertile e abitabile

18 Terza persona singolare, femminile: "... ti aiuterà"

19 (Prima persona singolare dell'indicativo imperfetto di) stare, esistere

¹g	i	²r	³i	n	i		⁴m	⁵a	n	⁶i
o	■	u	■	e	■	■		m	■	n
⁷d	i	o	■	⁸l	e	⁹c	c	a	v	i
i	■	t	■	■	■	l	■	■	■	z
■	■	¹⁰e	s	¹¹i	g	i	■	¹²f	a	i
¹³a	■	r	■	n	■	m	■	i	■	o
¹⁴g	i	à	■	¹⁵d	i	a	m	o	■	■
i	■	■	■	i	■	■	■	r	■	¹⁶o
¹⁷s	a	¹⁸l	v	a	r	¹⁹e	■	²⁰a	l	a
c	■	e	■	■	■	r	■	i	■	s
²¹o	d	i	i	■	²²r	o	t	o	l	i

Orizzontali

1 copricapo che si chiude sotto il mento tramite due nastri, lasciando il viso scoperto; utilizzato per igiene e per tenere i capelli in ordine

singolo dispositivo acustico per ascoltare individualmente musica o suoni

4 Apertura stretta e generalmente profonda su una superficie

8 Cifra che segue l'uno e precede il tre

9 (Plurale di) essere vivente in grado di muoversi, bestia

10 Nazione dell'Europa Occidentale - confinante con Paesi Bassi, Germania, Lussemburgo, Francia, e con il Mare del Nord

12 Il punto cardinale opposto a ovest, verso oriente

14 (Terza persona singolare del presente di) avere la facoltà di fare qualcosa

15 Preferenza accordata ad una persona o ad una cosa

17 Sacchetto pieno di lana, piume, filamenti artificiali o altro, su cui si accosta il capo o sopra il quale ci si siede

20 Insetto dotato di pungiglione, che produce il miele

21 Chi dà prova di grande coraggio, autore di gesta leggendarie

22 (tu) devais

Verticali

1 (Plurale di) terminazione lineare del fondoschiena dei animali

2 prima persona singolare dell'indicativo futuro di frenare

3 Grande rabbia

5 (Terza persona singolare dell'indicativo presente di) utilizzare qualcosa per uno scopo

6 (Seconda persona plurale del presente di) provare un sentimento di forte inimicizia verso qualcuno o qualcosa

7 Recipiente cilindrico dotato di coperchio di parecchi litri di capacità, spesso fornito di manici

11 La parte esterna e dura di semi o uova

12 Compiere un movimento verso l'interno di un'area o di un edificio

13 Insieme di cose o di persone con caratteristiche simili

16 Giorno che precede direttamente l'oggi

18 (1ª pers sing presente indicativo di) essere in un posto senza muoversi

19 Metallo prezioso di colore giallo brillante

1 c	u	2 f	f	3 i	a	■	4 b	5 u	c	6 o
o	■	r	■	r	■	7 b	■	s	■	d
8 d	u	e	■	9 a	n	i	m	a	l	i
e	■	n	■	■	■	d	■	■	■	a
■	10 b	e	l	11 g	i	o	■	12 e	s	t
13 s	■	r	■	u	■	n	■	n	■	e
14 p	u	ò	■	15 s	c	e	l	t	a	■
e	■	■	■	c	■	■	■	r	■	16 i
17 c	u	18 s	c	i	n	19 o	■	20 a	p	e
i	■	t	■	o	■	r	■	r	■	r
21 e	r	o	e	■	22 d	o	v	e	v	i

Orizzontali

1 Azione; parte in cui è suddivisa un'opera teatrale

3 (Seconda persona singolare del futuro di) essere in un posto senza muoversi; essere in una determinata condizione

8 (Plurale di) organo osseo situato nella bocca, che permette di masticare il cibo

9 (Terza persona singolare dell'indicativo presente di) essere appeso

10 Uccello d' acqua dai piedi palmati

11 Articolo partitivo maschile singolare

14 Contrazione di in e i

16 Che si è trasformato in ghiaccio

Dolce freddo che si mangia solitamente in estate

20 (Prima persona singolare dell'imperfetto di) essere in un posto senza muoversi; essere in una determinata condizione

21 (Plurale di) terreno coltivato a vite

22 (Terza persona singolare del presente di) dare avvio

23 Gruppo di persone che si comportano in maniera simile perché fanno riferimento allo stesso sistema di valori: "La maggioranza silenziosa appartiene al ... medio."

Verticali

1 (Seconda persona singolare del futuro semplice indicativo di) muoversi da un luogo verso un altro luogo; partire

2 Riparo agevolmente smontabile e trasferibile formato da tessuti tenuti in piedi da aste rese stabili sul terreno mediante picchetti

Tessuto appeso davanti alla finestra che ripara dalla luce

4 (Plurale di) che può essere usato come modello; specie, sorta, genere

5 (Terza persona singolare del presente di) ridare qualcosa a qualcuno

6 Rappresentazione di qualcosa che esiste soltanto nella mente

7 (Plurale di) organo riproduttivo delle piante a frutto: "La bellezza è il ..., ma la virtù è il frutto della vita."

12 Mammifero ruminante con corna ramose e caduche

13 (Prima persona singolare dell'imperfetto di) assaporare qualcosa; essere profondamente soddisfatto

15 (Plurale di) valutazione, prova sostenuta da uno studente

17 (Plurale di) pianta acquatica

18 Pronome personale di 3° persona plurale

19 (Plurale di) scelta espressa in un'elezione di chi deve ricoprire un incarico

1:a	t	2:t	o	■	3:s	4:t	a	5:r	a	6:i
n	■	e	■	7:f	■	i	■	e	■	d
8:d	e	n	t	i	■	9:p	e	n	d	e
r	■	d	■	o	■	i	■	d	■	a
10:a	n	a	t	r	a	■	11:d	e	l	■
i	■	■	■	i	■	12:c	■	■	■	13:g
■	14:n	15:e	i	■	16:g	e	l	17:a	t	o
18:e	■	s	■	19:v	■	r	■	l	■	d
20:s	t	a	v	o	■	21:v	i	g	n	e
s	■	m	■	t	■	o	■	h	■	v
22:i	n	i	z	i	a	■	23:c	e	t	o

Orizzontali

1 terminato in ogni particolare (per estensione) da finire, participio passato: che ha avuto una fine, in modo particolare della storia

4 Seguente; in un momento successivo: "Lo farò ..."

8 prima persona plurale dell'indicativo presente di curare prima persona plurale del congiuntivo presente di curare

9 Periodi di tempo di 60 minuti

10 Mammifero di enormi dimensioni che vive nell'oceano e si nutre di plancton

12 (Femminile di) che appartiene a me

14 (Plurale di) strada, viale

15 (Terza persona singolare del presente di) dare a qualcuno qualcosa che dovrà essere poi restituita

17 (Terza persona dell'indicativo presente di) avere il coraggio, avere l'audacia

19 Paese, stato

21 (Terza persona singolare dell'indicativo presente di) provare un sentimento di forte inimicizia verso qualcuno o qualcosa

22 (Seconda persona singolare del presente di) impersonare un personaggio in una recita

Verticali

1 Mammifero adattato alla vita acquatica

2 Che è conforme alla norma

3 (Femminile di) che appartiene a te

5 (Prima persona dell'indicativo presente di) avere il coraggio; avere l'audacia

6 (Seconda persona singolare del futuro di) rischiare pur intuendo probabili conseguenze negative

7 (Seconda persona plurale del presente di) esprimere delle lodi per qualcuno o qualcosa

11 (Seconda persona singolare del presente di) mettere in mostra, mettere in vista

12 plurale di mattone

13 (Prima persona singolare del presente di) rendere vuoto; rimuovere il contenuto di

16 (Plurale di) unione di vari lacci atta a pescare

18 (Seconda persona singolare del presente indicativo di) provare un estremo sentimento di benevolenza verso una cosa o una persona

20 (Plurale di) la sorella di un genitore

1 f	i	2 n	i	3 t	o		4 d	5 o	p	6 o
o		o		u		7 l		s		s
8 c	u	r	i	a	m	o		9 o	r	e
a		m				d				r
	10 b	a	l	11 e	n	a		12 m	i	a
13 s		l		s		t		a		i
14 v	i	e		15 p	r	e	s	t	a	
u				o				t		16 r
17 o	s	18 a		19 n	a	20 z	i	o	n	e
t		m		i		i		n		t
21 o	d	i	a		22 r	e	c	i	t	i

Orizzontali

1 (Plurale di) spazio limitato di terra

3 cadavere imbalsamato, trattato chimicamente e avvolto in bende di lino, specialmente praticato dagli antichi egizi corpo umano o animale conservato in maniera naturale solitamente a causa di essiccazione

8 Piatto, liscio, levigato Insieme di regole prestabilite per condurre a termine un compito

9 (Plurale di) unità di misura della lunghezza

10 Che suscita noia

11 Punto che ottiene la squadra che mette la palla in rete nella porta avversaria

14 In mezzo a, tra

16 (Plurale di) sostanza la cui assunzione altera lo stato di coscienza e che può indurre alla dipendenza

20 Membro piatto dei pesci o di altri animali acquatici per favorire i movimenti del corpo

21 (Plurale di) moto rapido e violento per cui un corpo entra in contatto con un altro

22 Stato dell'Europa meridionale delimitata a nord dalle Alpi e confinante con Francia, Svizzera, Austria e Slovenia, è bagnata dal Mar Tirreno, canale di Sicilia, Mar Ionio, Mare Adriatico e Mar di Sardegna

23 nome proprio di persona maschile (geografia) fiume del nord-est dell'Africa, probabilmente il più lungo del mondo, che sfocia in Egitto con una foce a delta

Verticali

1 poco tempo fa con fatica

2 (Plurale di) valutazione, prova sostenuta da uno studente

4 Individuo adulto di sesso maschile della specie umana

5 Prestito a lunga durata per l'acquisto di un bene

6 Agiatezza,confort; tempo libero

7 Percorso, specialmente di un fiume o simile Studio organizzato ed insegnato: "Oggi vado al ... d'inglese."

12 Larva d'insetto dalla forma allungata e dall'aspetto vermiforme

13 Che è dovuto ad altri

15 (zoologia) (mammalogia) mammifero artiodattilo appartenente alla famiglia dei cervidi, fornito di palchi cornei cedui in entrambi i sessi;

17 (geografia)plurale di golfo

18 seconda persona singolare dell'indicativo presente di oppiare prima persona singolare del congiuntivo presente di oppiare

19 (Plurale di) Parte destra o sinistra di un oggetto o qualsiasi altra cosa

1 a	r	2 e	e	■	3 m	4 u	m	5 m	i	6 a
p	■	s	■	7 c	■	o	■	u	■	g
8 p	i	a	n	o	■	9 m	e	t	r	i
e	■	m	■	r	■	o	■	u	■	o
10 n	o	i	o	s	o	■	11 g	o	l	■
a	■	■	■	o	■	12 b	■	■	■	13 d
■	14 f	15 r	a	■	16 d	r	o	17 g	h	e
18 o	■	e	■	19 l	■	u	■	o	■	b
20 p	i	n	n	a	■	21 c	o	l	p	i
p	■	n	■	t	■	o	■	f	■	t
22 i	t	a	l	i	a	■	23 n	i	l	o

Orizzontali

1 (Seconda persona singolare del presente semplice indicativo di) immettere liquidi nel proprio corpo per via orale

3 Uomo che ha contratto matrimonio

8 terza persona plurale dell'indicativo presente di operare

9 (Seconda persona singolare dell'indicativo presente di) consegnare o porgere un oggetto; rendere, porgere, regalare

10 seconda persona singolare dell'indicativo futuro di decollare

13 (matematica), (aritmetica) numero dopo trentotto e prima di quaranta; tre volte tredici

15 (Femminile di) che appartiene a lui/lei

16 Prima, davanti a

18 (Terza persona singolare del presente di) dare avvio

19 seconda persona singolare dell'indicativo presente di mirare
prima persona singolare del congiuntivo presente di mirare

Verticali

1 Di colore tra giallo e marrone chiaro tipico dei capelli, dei peli e del grano maturo

2 (Plurale di) strada, viale

4 terza persona plurale dell'indicativo futuro di adorare

5 Dell'India
Relativo agli indigeni d'America

6 (Terza persona singolare dell'indicativo presente di) provare un sentimento di forte inimicizia verso qualcuno o qualcosa

7 plurale di palloncino

11 seconda persona singolare dell'indicativo imperfetto di cercare

12 (Plurale di) lamento flebile

14 Pronome personale di 3° persona plurale

17 Contrazione di in e i

1 b	e	2 v	i	■	3 m	4 a	r	5 i	t	6 o
i	■	i	■	7 p	■	d	■	n	■	d
8 o	p	e	r	a	n	o	■	9 d	a	i
n	■	■	■	l	■	r	■	i	■	a
10 d	e	11 c	o	l	l	e	r	a	i	■
o	■	e	■	o	■	r	■	n	■	12 g
■	13 t	r	e	n	t	a	n	o	v	e
14 e	■	c	■	c	■	n	■	■	■	m
15 s	u	a	■	16 i	n	n	a	17 n	z	i
s	■	v	■	n	■	o	■	e	■	t
18 i	n	i	z	i	a	■	19 m	i	r	i

Orizzontali

1 (Femmina di) mammifero di grosse dimensioni, caratterizzato da pelame folto e ispido, zampe corte e tozze, testa grande, coda corta e unghie molto forti

3 Mammifero domestico ruminante, con corpo tozzo, mantello soffice da cui si ricava la lana

8 (Seconda persona singolare dell'indicativo futuro di) togliere lo sporco

9 Lunga lamina adoperato come pattino per scivolare sulla neve

10 Numero che segue due e precede quattro

12 (Plurale di) scontro armato tra Stati

15 (Prima persona plurale del futuro di) consegnare o porgere un oggetto; fare beneficenza

16 Piccolo strumento di acciaio dalla forma sottile a allungata con un'estremità appuntita e l'altra dotata di un foro in cui far passare un filo utilizzato per cucire
Attrezzo sottile a punta che si usa con la siringa per effettuare iniezioni

18 Cifra che segue cinque e precede sette

19 Materiale da costruzione formato da un impasto molto adesivo e consistente di argilla, calcare, acqua, sabbia e ghiaia

21 Stato dell'Europa meridionale delimitata a nord dalle Alpi e confinante con Francia, Svizzera, Austria e Slovenia, è bagnata dal Mar Tirreno, canale di Sicilia, Mar Ionio, Mare Adriatico e Mar di Sardegna

22 Alimento che viene ingerito dall'uomo o dall'animale

Verticali

1 Chi riceve ospitalità

2 Contrazione di su ed il

4 (Seconda persona singolare dell'indicativo imperfetto di) stare, esistere

5 (Terza persona singolare del presente di) guardare con attenzione un oggetto o una persona

6 Miscuglio di gas che compongono l'atmosfera terrestre

7 (Plurale di) sostanza la cui assunzione altera lo stato di coscienza e che può indurre alla dipendenza

11 (raro) analisi parziale o molto breve (anche desamina, però con il significato di "stima, valutazione") terza persona singolare dell'indicativo presente di esaminare

13 Molto largo, mastodontico, smisurato

14 Insieme di persone che vivono nella stessa zona o città

17 (Indicativo presente seconda persona singolare di) andare fuori

19 Colui il quale

20 Pronome di prima persona plurale, la persona che parla o scrive ed altre persone

¹o	r	²s	a	■	³p	⁴e	c	⁵o	r	⁶a
s	■	u	■	⁷d	■	r	■	s	■	r
⁸p	u	l	i	r	a	i	■	⁹s	c	i
i	■	■	■	o	■	■	■	e	■	a
¹⁰t	r	¹¹e	■	¹²g	u	¹³e	r	r	e	■
e	■	s	■	h	■	n	■	v	■	¹⁴p
■	¹⁵d	a	r	e	m	o	■	¹⁶a	g	o
¹⁷e	■	m	■	■	■	r	■	■	■	p
¹⁸s	e	i	■	¹⁹c	e	m	e	²⁰n	t	o
c	■	n	■	h	■	e	■	o	■	l
²¹i	t	a	l	i	a	■	²²c	i	b	o

Orizzontali

1 (Prima persona singolare dell'indicativo presente di) esistere

3 Stato scandinavo dell'Europa settentrionale, la cui capitale è Stoccolma

7 plurale di canzone

9 Indica il moto attraverso un luogo: "Sono passato ... il centro"
Indica destinazione: "Questo è il treno ... Londra"

10 (Seconda persona singolare dell'indicativo presente di) essere in possesso di

12 (Seconda persona singolare dell'indicativo futuro di) realizzare o portare a termine qualcosa; compiere un'azione

15 Donna legata dal vincolo del matrimonio

16 (Seconda persona singolare dell'indicativo presente di) rischiare pur intuendo probabili conseguenze negative

18 Dopo; quindi

19 (Plurale di) superficie abbastanza lucida da permettere la riflessione di immagini

21 Concernente l'ora, ripartizione delle ore, calcolato a ore
Un programma tabellare degli eventi con gli orari in cui si verificano

22 (Seconda persona del presente di) smettere di resistere, piegare la propria volontà a quella altrui, per l'effetto di minacce, intimidazioni o della persuasione

Verticali

1 (Plurale di) contenitore di tessuto scabro, carta o plastica, di conformazione rettangolare e aperto nella parte superiore, in cui si mettono o si trasportano cose

2 Nega il significato di ciò che segue

4 (Seconda persona singolare del presente indicativo di) muoversi da un luogo verso un altro luogo; partire

5 prima persona singolare dell'indicativo presente di zoppicare

6 (Prima persona singolare dell'indicativo presente di) rendere aperto

8 (Prima persona del presente di) proporre di dare a qualcuno qualcosa di ritenuta gradita o utile

11 (Terza persona singolare del presente di) introdurre l'aria nei polmoni durante la respirazione

13 Che esiste, che è vero

14 (Seconda persona singolare dell'imperfetto di) portare a compimento

17 (Prima persona singolare del presente di) osservare attentamente di nascosto

19 (Seconda persona singolare dell'indicativo presente di) conoscere una cosa, un fatto

20 Quale: "... libro stai leggendo, oggi?"
Introduce una frase: "So ... non vuoi questo"; "Mi spiace ... sia successo"

1 s	o	2 n	o		3 s	4 v	e	5 z	i	6 a
a		o				a		o		p
7 c	a	n	8 z	o	n	i		9 p	e	r
c				f				p		o
10 h	a	11 i		12 f	a	13 r	a	i		
i		n		r		e		c		14 f
		15 s	p	o	s	a		16 o	s	i
17 s		p				l				n
18 p	o	i		19 s	p	e	c	20 c	h	i
i		r		a				h		v
21 o	r	a	r	i	o		22 c	e	d	i

Orizzontali

1   (Prima persona singolare dell'indicativo futuro di) realizzare o portare a termine qualcosa; compiere un'azione

3   terza persona plurale dell'indicativo presente di votare

8   Di evento molto rapido; fenomeno atmosferico prodotto da una scarica elettrica che provoca un bagliore

9   Numero che segue il nove e precede l'undici; due volte cinque

10   plurale di chiodo seconda persona singolare dell'indicativo presente di chiodare

11   Contrazione di di e i

14   Articolo indeterminativo

16   (Plurale di) il premio nelle competizioni sportive

20   (Seconda persona singolare dell'indicativo presente di) procedere velocemente a piedi; partecipare ad una gara di corsa

21   Insetto alato pungente

22   Attimo con cui si avvia qualcosa

23   (Plurale di) contenitore di plastica, terracotta o cemento generalmente usato per coltivare le piante

Verticali

1 Che è molto soddisfatto

2 (Seconda persona singolare dell'indicativo presente di) fare a pezzi, spaccare, rendere inutilizzabile; distruggere

4 Movimento periodico che si propaga in un mezzo (acqua o aria)

5 Essere in possesso di

6 (Seconda persona singolare dell'indicativo presente di) provare un sentimento di forte inimicizia verso qualcuno o qualcosa

7 Estremità di un oggetto, margine

12 Dimostrazione di veridicità di un fatto (Terza persona singolare indicativo presente di) tentare di fare qualcosa di cui non si conosce l'esito; assaggiare un cibo o una bevanda, spesso per la prima volta

13 (Seconda persona singolare dell'imperfetto di) portare con forza verso di sé qualcosa o qualcuno

15 (Plurale di) elemento di trasmissione degli impulsi del sistema nervoso

17 (Terza persona singolare del presente di) legare, attaccare, rendere stabile

18 (Plurale di) ritorno deformato di un suono nel luogo di partenza che è causato dal suo riflesso contro un ostacolo

19 (Abbreviata di) mezzo meccanico di trasporto su due ruote azionato dalla forza delle gambe che agiscono su pedali collegati alla ruota posteriore per mezzo di una catena metallica azionante un rapporto a corona dentata

1 f	a	2 r	ò	■	3 v	4 o	t	5 a	n	6 o
e	■	o	■	7 b	■	n	■	v	■	d
8 l	a	m	p	o	■	9 d	i	e	c	i
i	■	p	■	r	■	a	■	r	■	i
10 c	h	i	o	d	i	■	11 d	e	i	■
e	■	■	■	o	■	12 p	■	■	■	13 t
■	14 u	15 n	a	■	16 t	r	o	17 f	e	i
18 e	■	e	■	19 b	■	o	■	i	■	r
20 c	o	r	r	i	■	21 v	e	s	p	a
h	■	v	■	c	■	a	■	s	■	v
22 i	n	i	z	i	o	■	23 v	a	s	i

Orizzontali

1   Essere in vita Abitare, dimorare

4   (1ª persona singolare dell'indicativo presente di) allacciare, annodare; collegare, fermare con una fune, catena, eccetera

8   (Prima, seconda e terza persona singolare del congiuntivo presente di) un verbo che serve per indica esistenza

9   (Seconda persona plurale dell'indicativo presente di) sentire la mancanza

10   (Plurale di) persona che, a titolo professionale, rappresenta un'organizzazione

12   Il punto cardinale opposto a ovest, verso oriente

14   Che appartiene a lui/lei

15   (Seconda persona plurale del presente di) osservare attentamente di nascosto

17   Cocomero

20   Formazione anatomica di forma allungata e piatta la cui agitazione permette il volo in alcuni animali

21   Sentimento di forte inimicizia nei confronti di qualcuno o qualcosa

22   plurale di petalo

Verticali

1   La parte anteriore della testa, collocata tra la fronte e il mento

2   Il muoversi da un posto ad un altro, gita, escursione

3   Bevanda alcolica ottenuta dalla distillazione del succo o della melassa della canna da zucchero

5   (Terza persona singolare dell'imperfetto indicativo di) stare, esistere

6   Che non commette illecito, di comportamento di persona che si attiene alla Legge

7   Numero naturale che segue il dieci e precede il dodici

11   (Plurale di) striscia di stoffa usato per guarnizioni e legature

12   (Terza persona singolare dell'imperfetto di) compiere un movimento verso l'interno di un'area o di un edificio

13   (Prima persona plurale del presente di) rischiare pur intuendo probabili conseguenze negative

16   (Seconda persona singolare dell'indicativo presente di) rasare, sbarbare, depilare

18   Articolo determinativo maschile plurale

19   Insetto dotato di pungiglione, che produce il miele

v	i	v	e	r	e	■	l	e	g	o
i	■	i	■	u	■	u	■	r	■	n
s	i	a	■	m	a	n	c	a	t	e
o	■	g	■	■	■	d	■	■	■	s
■	a	g	e	n	t	i	■	e	s	t
o	■	i	■	a	■	c	■	n	■	o
s	u	o	■	s	p	i	a	t	e	■
i	■	■	■	t	■	■	■	r	■	r
a	n	g	u	r	i	a	■	a	l	a
m	■	l	■	i	■	p	■	v	■	d
o	d	i	o	■	p	e	t	a	l	i

Orizzontali

1 Completamento di a e le

3 (Participio passato di) ungere con olio

8 (zoologia), (mammalogia)plurale di zebra (senso figurato) strisce pedonali

9 (Plurale di) territorio o nazione sul quale un re, esercita la sua autorità

10 Di ciò che è eccessivo

11 (Femminile di) esseri sovrannaturali e immortali

14 Indica compagnia o unione: "Vado a scuola ... Marco"

16 vols, bandes, groupes

20 Capacità sensoriale atta a percepire i suoni

21 Liquido bianco secreto dalla ghiandola mammaria dalle femmine dei mammiferi

22 (Seconda persona singolare dell'indicativo futuro di) provare un estremo sentimento di benevolenza verso una cosa o una persona

23 (Terza persona singolare dell'indicativo futuro di) esprimere ciò che si pensa parlando

Verticali

1 (Seconda persona plurale del presente di) levare in alto

2 Oggetto costituito da una pila di fogli cartacei rilegati tra loro contenenti delle informazioni

4 Che appartiene ad essi

5 (Plurale di) pianta acquatica

6 (Terza persona singolare del presente di) ungere con olio

7 Dimensione in cui si concepisce e si misura il passare degli eventi
Epoca, periodo storico: "A quel ... le cose andavano meglio."

12 Gambo delle piante

13 terza persona singolare dell'indicativo futuro di ridere

15 (Plurale di) il frutto dell'ulivo usato a scopo alimentare sia per l'estrazione dell'olio

17 (Plurale di) roditore simile al topo, ma più grande

18 Accumulo di sabbia modellato dall'azione dei venti

19 Cavità interna della bocca, in cui si aprono le prime vie respiratorie e digerenti

1 a	l	2 l	e	■	3 o	4 l	i	a	5 t	6 o
l	■	i	■	7 t	■	o	■	l	■	l
8 z	e	b	r	e	■	9 r	e	g	n	i
a	■	r	■	m	■	o	■	h	■	a
10 t	r	o	p	p	o	■	11 d	e	e	■
e	■	■	■	o	■	12 s	■	■	■	13 r
■	14 c	15 o	n	■	16 s	t	o	17 r	m	i
18 d	■	l	■	19 g	■	e	■	a	■	d
20 u	d	i	t	o	■	21 l	a	t	t	e
n	■	v	■	l	■	o	■	t	■	r
22 a	m	e	r	a	i	■	23 d	i	r	à

Orizzontali

1 (Terza persona singolare indicativo presente di) andare fuori

3 (Terza persona plurale del presente di) distinguere con l'occhio ciò che ci circonda

8 (Plurale di) sorta di sedile che si allaccia a cavalli, asini, cammelli o altri animali per sedersi sopra e cavalcarli

9 Il punto cardinale opposto a est, verso occidente

10 (Prima persona singolare del presente di) poter fare qualcosa con successo

11 Fratello di uno dei due genitori rispetto ai figli di questi

14 Punto che ottiene la squadra che mette la palla in rete nella porta avversaria

16 Estensione di un luogo, vuoto o occupato da corpi

20 accrescitivo di ala (meteorologia) cerchio o arco luminoso a volte presente intorno al Sole o alla Luna, dovuto a condizioni particolari dell'atmosfera terrestre

21 Ciascuna delle curve descritte da una spirale

22 (toponimo) (geografia) stato insulare dell'Asia orientale, formato in gran parte dall'isola omonima

23 terza persona singolare dell'indicativo presente di porre

Verticali

1 (Plurale di) chi esiste

2 (Plurale di) piccolissimo letto per bimbi appena nati

4 Chi dà prova di grande coraggio, autore di gesta leggendarie

5 (Seconda persona singolare presente di) (chirurgia) curare una malattia con un intervento manuale o strumentale

6 Cifra che segue sette e precede nove; è il cubo di due

7 (Terza persona singolare dell'indicativo presente di) industriarsi per trovare qualcosa

12 (Participio passato di) pagare in cambio di una compera

13 (Seconda persona plurale del presente di) esprimere delle lodi per qualcuno o qualcosa

15 (Plurale di) emanazione volatile di un oggetto, percepita dall'uomo e dagli animali per mezzo dal naso

17 Sacco in tela o plastica, adibito a svariati usi, spesso impermeabile, munito di spallacci, cinghie e tasche per riporvi provviste, libri e oggetti vari

18 distribution

19 Materiale prodotto dalle api ed usato per creare oggetti, ad esempio candele

[1] e	s	[2] c	e	■	[3] v	[4] e	d	[5] o	n	[6] o
s	■	u	■	[7] c	■	r	■	p	■	t
[8] s	e	l	l	e	■	[9] o	v	e	s	t
e	■	l	■	r	■	e	■	r	■	o
[10] r	i	e	s	c	o	■	[11] z	i	o	■
i	■	■	■	a	■	[12] s	■	■	■	[13] l
■	[14] g	[15] o	l	■	[16] s	p	a	[17] z	i	o
[18] c	■	d	■	[19] c	■	e	■	a	■	d
[20] a	l	o	n	e	■	[21] s	p	i	r	a
s	■	r	■	r	■	o	■	n	■	t
[22] t	a	i	w	a	n	■	[23] p	o	n	e

Orizzontali

1 (Terza persona singolare dell'imperfetto di) calcolare il peso di una persona o di un oggetto

4 (Seconda persona singolare del presente di) congiungere pezzi di panno, tela, cuoio e altro mediante un filo passato per essi con l'ago

8 (Seconda persona singolare del presente di) esprimere felicità o gioia alzando le commessure delle labbra

9 (Plurale di) insetto alato dotato di pungiglione, che produce il miele e la cera

10 Che scaturisce da una opzione

12 Contrazione di in e i

14 Contrazione di di e i

15 Scontro armato tra Stati

17 (1ª pers sing presente indicativo di) essere in un posto senza muoversi

19 Provare la validità di qualcosa
Sottoporre ad esame

21 (Seconda persona singolare dell'indicativo presente di) provare un sentimento di forte inimicizia verso qualcuno o qualcosa

22 (Participio passato di) salvaguardare un individuo, una posizione o un'idea

Verticali

1 (Prima persona singolare dell'indicativo presente di) mettere giù qualcosa
(Prima persona singolare dell'indicativo presente di) stare in posa, farsi ritrarre o fotografare

2 seconda persona singolare dell'indicativo presente di sprecare
prima persona singolare del congiuntivo presente di sprecare

3 (Seconda persona singolare del presente indicativo di) muoversi da un luogo verso un altro luogo; partire

5 Frutto della vite

6 (Terza persona singolare del presente di) dare avvio

7 Frutto ovale che ha un colore giallo acceso, un sapore acido ed una polpa molto succosa

11 (Seconda persona plurale del presente di) stringere con una fune, una catena o un altro vincolo; allacciare, annodare

12 Che è conforme alla norma

13 In questo momento

16 (Participio presente di) ridare qualcosa a qualcuno

18 (Seconda persona singolare dell'indicativo presente di) rischiare pur intuendo probabili conseguenze negative

20 (Seconda persona singolare dell'indicativo presente di) conoscere una cosa, un fatto la soluzione

¹p	e	²s	a	³v	a	■	⁴c	⁵u	c	⁶i
o	■	p	■	a	■	⁷l	■	v	■	n
⁸s	o	r	r	i	d	i	■	⁹a	p	i
o	■	e	■	■	■	m	■	■	■	z
■	¹⁰s	c	e	¹¹l	t	o	■	¹²n	e	i
¹³a	■	h	■	e	■	n	■	o	■	a
¹⁴d	e	i	■	¹⁵g	u	e	r	r	a	■
e	■	■	■	a	■	■	■	m	■	¹⁶r
¹⁷s	t	¹⁸o	■	¹⁹t	e	²⁰s	t	a	r	e
s	■	s	■	e	■	a	■	l	■	s
²¹o	d	i	i	■	²²d	i	f	e	s	o

Orizzontali

1 Atto di alcuni animali e degli aeromobili di muoversi e librarsi in aria

3 Mollusco cefalopode con otto tentacoli

8 Sostanza che si ottiene dal latte fresco costituita per lo più dalla sua frazione grassa

9 Contrazione di in e la

10 (Prima persona singolare del presente di) poter fare qualcosa con successo

11 Un essere sovrannaturale

14 (Plurale di) dispositivo usato in mare fatto di materiale galleggiante che solitamente delimita porzioni di mare o serve all'attracco di imbarcazioni

16 Misura di un capo di vestiario (Terza persona singolare dell'indicativo presente di) dividere usando una lama affilata o un altro arnese

20 (Plurale di) che ha sapore aspro, acre

21 Che è stato danneggiato

22 Stato dell'Europa meridionale delimitata a nord dalle Alpi e confinante con Francia, Svizzera, Austria e Slovenia, è bagnata dal Mar Tirreno, canale di Sicilia, Mar Ionio, Mare Adriatico e Mar di Sardegna

23 Ognuna delle parti mobili della mano e del piede

Verticali

1 Acqua allo stato aeriforme

2 (Plurale femminile di) che si muove con movimento poco veloce Oggetto di vetro o cristallo, che costituisce un sistema ottico, limitato da due superfici di cui almeno una curva

4 Mammifero noto per il suo verso simile ad una risata e per di nutrirsi delle carogne

5 (Plurale di) depressione nella terra originata da passaggio di fiumi

6 Spazio limitato di terra

7 Mezzo di trasporto di dimensioni limitate si usa in mare o in fiumi o laghi

12 (Plurale di) chi compie furti o ruba

13 (Terza persona plurale del presente di) tagliare alla radice; eliminare; rasare, sbarbare

15 Il frutto dell'ulivo usato a scopo alimentare sia per l'estrazione dell'olio

17 (Plurale di) un'unità di misura del volume

18 Estensione di territorio in un deserto che, per la presenza di pozzi d'acqua, è fertile e abitabile

19 (Abbreviata di) mezzo meccanico di trasporto su due ruote azionato dalla forza delle gambe che agiscono su pedali collegati alla ruota posteriore per mezzo di una catena metallica azionante un rapporto a corona dentata

la soluzione

v	o	l	o		p	i	o	v	r	a
a		e		b		e		a		r
p	a	n	n	a		n	e	l	l	e
o		t		r		a		l		a
r	i	e	s	c	o		d	i	o	
e				a		l				r
	b	o	e		t	a	g	l	i	a
o		l		b		d		i		d
a	c	i	d	i		r	o	t	t	o
s		v		c		i		r		n
i	t	a	l	i	a		d	i	t	o

Orizzontali

1 terza persona singolare dell'indicativo presente di impaurire

6 (Plurale di) maschio dei bovini

7 (zoologia), (mammalogia) plurale di cervo

8 (Plurale di) il premio nelle competizioni sportive

10 Esprimere delle lodi per qualcuno o qualcosa

13 Il punto cardinale opposto a est, verso occidente

14 Arma bianca manesca del tipo spada caratterizzata da una lama corta e dritta a tagli paralleli o triangolari

15 Aeromobile a motore sostenuto da ali rotanti, predisposto per compiere atterraggi e decolli verticali

Verticali

1 tuteur

2 Grande zona boschiva delimitata e protetta; vasto giardino pubblico

3 di capello o filo, arrotolato su se stesso: (zoologia) mammifero insettivoro terrestre notturno con corpo coperto di aculei e che si può appallottolare; passa l'inverno in letargo; vive sotto i cespugli spinosi, in mezzo alle foglie secche e nelle capanne; utile nelle case per distruggere topi e scarafaggi;

4 (Prima persona singolare dell'indicativo futuro di) esistere, indica esistenza

5 prima persona plurale dell'indicativo imperfetto di esistere

9 Che è stato nominato tramite elezioni

11 (Seconda persona plurale dell'indicativo presente di) provare un estremo sentimento di benevolenza verso una cosa o una persona

12 (Plurale di) argomento, il soggetto principale di un'opera artistica di un dato autore

la soluzione

¹i	m	²p	a	u	³r	i	⁴s	c	⁵e
s	■	a	■	■	i	■	a	■	s
⁶t	o	r	i	■	⁷c	e	r	v	i
i	■	c	■	■	c	■	ò	■	s
⁸t	r	o	f	⁹e	i	■	■	■	t
u	■	■	■	¹⁰l	o	d	¹¹a	r	e
t	■	¹²t	■	e	■	■	m	■	v
¹³o	v	e	s	t	■	¹⁴d	a	g	a
r	■	m	■	t	■	■	t	■	m
¹⁵e	l	i	c	o	t	t	e	r	o

Orizzontali

1   La stagione preceduta dalla primavera e seguita dall'autunno

4   Petto di donna; mammelle

7   Contrazione di su ed il

8   (Seconda persona singolare dell'imperfetto di) (chirurgia) curare una malattia con un intervento manuale o strumentale (Seconda persona singolare dell'imperfetto di) eseguire un'opera

10   Rischiare pur intuendo probabili conseguenze negative

12   Indica il moto attraverso un luogo: "Sono passato ... il centro" Indica destinazione: "Questo è il treno ... Londra"

14   Cifra che segue l'uno e precede il tre

15   Aria espirata durante la respirazione

17   participio passato di leccare

20   Formazione anatomica di forma allungata e piatta la cui agitazione permette il volo in alcuni animali

21   (Terza persona singolare dell'indicativo presente di) provare un sentimento di forte inimicizia verso qualcuno o qualcosa

22   Stare muto

Verticali

1   Pronome personale di 3° persona plurale

2   La parte posteriore del piede

3   Che appartiene a te

5   (Terza persona singolare dell'imperfetto indicativo di) stare, esistere

6   (Prima persona singolare del futuro di) provare un sentimento di forte inimicizia verso qualcuno o qualcosa

9   seconda persona singolare dell'indicativo presente di elevare prima persona singolare del congiuntivo presente di elevare

11   (Terza persona singolare dell'indicativo imperfetto di) provare un estremo sentimento di benevolenza verso una cosa o una persona

12   Tentare di fare qualcosa di cui non si conosce l'esito

13   Di essere vivente che ha raggiunto la piena capacità riproduttiva

16   Prodotto alimentare ottenuto dalla lievitazione e cottura di un impasto di farina

18   Colui il quale

19   Periodo di tempo di 60 minuti In questo momento, in questo istante

la soluzione

¹e	s	²t	a	³t	e	■	⁴s	⁵e	n	⁶o
s	■	a	■	u	■	■	■	r	■	d
⁷s	u	l	■	⁸o	p	⁹e	r	a	v	i
i	■	l	■	■	l	■	■	■	■	e
■	■	¹⁰o	s	¹¹a	r	e	■	¹²p	e	r
¹³a	■	n	■	m	■	v	■	r	■	ò
¹⁴d	u	e	■	¹⁵a	l	i	t	o	■	■
u	■	■	■	v	■	■	■	v	■	¹⁶p
¹⁷l	e	¹⁸c	c	a	t	¹⁹o	■	²⁰a	l	a
t	■	h	■	■	■	r	■	r	■	n
²¹o	d	i	a	■	²²t	a	c	e	r	e

Orizzontali

1   plurale di cofano
4   (Plurale di) ritorno deformato di un suono nel luogo di partenza che è causato dal suo riflesso contro un ostacolo
8   A ora avanzata
9   (Seconda persona singolare dell'indicativo imperfetto di) mettere insieme
10   (2ª persona singolare del presente semplice indicativo di) realizzare o portare a termine qualcosa
11   (Seconda persona singolare dell'indicativo presente di) dare riparo, fornire protezione nei confronti di qualcuno o qualcosa (Seconda persona singolare dell'indicativo presente di) rendere nuovamente funzionante una cosa precedentemente rotta
14   (Seconda persona singolare del presente di) mettere in ordine
16   Articolo partitivo maschile singolare
20   (Plurale di) piatto, liscio, levigato (Plurale di) insieme di regole prestabilite per condurre a termine un compito
21   (Terza persona singolare del presente di) lisciare, spianare, eliminare le pieghe (di un tessuto o indumento)
22   Chi dà prova di grande coraggio, autore di gesta leggendarie
23   (Seconda persona singolare dell'imperfetto di) regolare l'allineamento per sparare

Verticali

1   Gruppo di persone che si comportano in maniera simile perché fanno riferimento allo stesso sistema di valori: "La maggioranza silenziosa appartiene al ... medio."
2   Scrittura olografa del proprio nome e cognome
3   Senso di fastidio, insoddisfazione e tristezza che deriva dall'ozio, dall'assenza di azione o da un'attività ripetitiva
5   Condizioni atmosferiche, tempo
6   Attimo con cui si avvia qualcosa
7   (Abbigliamento) pelle di animali resa in fogli spessi attraverso la concia
12   (Plurale di) insieme di due oggetti simili
13   (Seconda persona singolare dell'indicativo presente di) mandare merci in un posto
15   (Prima persona plurale dell'indicativo presente di) consegnare o porgere un oggetto; regalare, donare
17   Organo rotante a due o più pale, la cui rotazione imprime un moto a spirale ad un fluido e genera propulsione
18   (Plurale di) carta da gioco contrassegnata dal disegno di un singolo seme; in molti giochi costituisce la carta di maggior valore
19   Le parti legnose dell'albero aventi origine dal fusto da cui, con progressive divisioni e assottigliamenti arrivano fino a quelli che portano foglie, fiori e frutti

la soluzione

¹c	o	²f	a	³n	i	■	⁴e	⁵c	h	⁶i
e	■	i	■	o	■	⁷c	■	l	■	n
⁸t	a	r	d	i	■	⁹u	n	i	v	i
o	■	m	■	a	■	o	■	m	■	z
■	¹⁰f	a	i	■	¹¹r	i	p	a	r	i
¹²c	■	■	■	¹³i	■	o	■	■	■	o
¹⁴o	r	¹⁵d	i	n	i	■	¹⁶d	¹⁷e	l	■
p	■	i	■	v	■	¹⁸a	■	l	■	¹⁹r
²⁰p	i	a	n	i	■	²¹s	t	i	r	a
i	■	m	■	i	■	s	■	c	■	m
²²e	r	o	e	■	²³m	i	r	a	v	i

Orizzontali
Horizontal
1   (Prima persona
dell'indicativo presente di) avere il
coraggio; avere l'audacia
3   seconda persona
singolare dell'indicativo presente di
sterzare
prima persona singolare del
congiuntivo presente di sterzare
6   successione di
domande che un giornalista ha con un
individuo da cui spera di avere notizie
interessanti
(statistica) mezzo di rilevazione di dati
individuali col colloquio diretto con
l'individuo oggetto di indagine
statistica
7   (Plurale di) pezzo a
forma di parallelepipedo in legno usato
tipicamente per la costruzione
10   (Seconda persona
singolare del futuro di) rischiare pur
intuendo probabili conseguenze
negative
11   (geografia) relativo al
Giappone
(senso figurato) che insiste a
conservare la collocazione che occupa
12   Insieme di cose o di
persone con caratteristiche simili
13   (Seconda persona
singolare dell'indicativo imperfetto di)
stare, esistere

Verticali
1   (Prima persona plurale
dell'indicativo presente di) provare un
sentimento di forte inimicizia verso
qualcuno o qualcosa
2   seconda persona plurale
dell'indicativo imperfetto di ottenere
3   durata della sera oppure
qualità meteorologica della sera
divertimento di sera come spettacolo
teatrale, ballo, cinema e similari
4   Dare una replica ad un
interrogazione
5   Grande rabbia
8   Uccello acquatico con
lunghe zampe, lungo becco appuntito,
piume bianche, rosse o cinerine
9   (Plurale di) chi esiste
11   (fisica) (chimica) materia
allo stato aeriforme, senza forma né
volume proprio, i cui atomi e molecole si
espandono liberamente nello spazio fino
ad occupare tutto il volume disponibile
particolare stato aeriforme, il quale (a
differenza dello stato di vapore)
presenta una temperatura critica minore
della temperatura ambiente

la soluzione

¹o	s	²o	■	³s	t	e	⁴r	z	⁵i
d	■	t	■	e	■	■	i	■	r
⁶i	n	t	e	r	v	i	s	t	a
a	■	e	■	a	■	■	p	■	■
m	■	n	■	⁷t	⁸a	v	o	l	⁹e
¹⁰o	s	e	r	a	i	■	n	■	s
■	■	v	■	r	■	d	■	s
¹¹g	i	a	p	p	o	n	e	s	e
a	■	t	■	■	n	■	r	■	r
¹²s	p	e	c	i	e	■	¹³e	r	i

Orizzontali

1 (Plurale di) pianta bassa con fusto non legnoso

3 (Prima persona singolare dell'indicativo imperfetto di) fare, costruire qualcosa di nuovo o innovativo, come un'opera d'arte

8 (Seconda persona singolare del presente di) ridare qualcosa a qualcuno

9 (Plurale di) radiazione luminosa che si propaga in linea retta da una sorgente (quale può essere il sole)
(Plurale di) tirante che unisce il mozzo al cerchione di una ruota di bicicletta o di motoveicolo

10 (Prima persona singolare del presente di) rendere aperto di nuovo

11 Contrazione di in e i

14 Metallo prezioso di colore giallo brillante

16 (Seconda persona singolare dell'indicativo presente di) far diventare caldo o più caldo

20 Struttura formata da gradini, scalinata, scalone

21 Parte svolta da un personaggio in un racconto, romanzo o opera teatrale

22 Avvenimento, fatto o cosa che diviene

23 Immettere liquidi nel proprio corpo per via orale, per dissetarsi

Verticali

1 Opinione non combaciante con la realtà dei fatti

2 Striscia sottile di garza o di tela, usata per fasciare ferite o parti malate del corpo
Striscia di tessuto con la quale si coprono gli occhi, per impedire la vista

4 Che si incontra poco di frequente, difficile a trovarsi, poco numeroso

5 (Plurale di) pianta acquatica

6 (Terza persona singolare del presente di) ungere con olio

7 (Prima persona singolare dell'indicativo futuro di) essere in vita; abitare, dimorare

12 Poco illuminato; di colore tendente al nero

13 Frutto ovale che ha un colore giallo acceso, un sapore acido ed una polpa molto succosa

15 Che esiste, che è vero

17 Grande mammifero appartenente alla famiglia dei gatti, con pelliccia di colore variabile tra il giallo e il rossiccio

18 (Terza persona singolare indicativo presente di) andare fuori

19 distribution

la soluzione

e	r	b	e		c	r	e	a	v	o
r		e		v		a		l		l
r	e	n	d	i		r	a	g	g	i
o		d		v		o		h		a
r	i	a	p	r	o		n	e	i	
e				ò		s				l
	o	r	o		s	c	a	l	d	i
e		e		c		u		e		m
s	c	a	l	a		r	u	o	l	o
c		l		s		o		n		n
e	v	e	n	t	o		b	e	r	e

Orizzontali

1 Di colore tra giallo e marrone chiaro tipico dei capelli, dei peli e del grano maturo

4 (Seconda persona singolare dell'indicativo presente di) prendere il volo

7 Che appartiene a lui/lei

8 seconda persona singolare dell'indicativo imperfetto di lottare

10 (Prima persona singolare dell'indicativo imperfetto di) procedere ad effettuare un'azione (Prima persona singolare dell'indicativo imperfetto di) recitare

12 Nessuna volta; mai più: non ancora una volta ulteriore

14 (Femminile di) esseri sovrannaturali e immortali

15 Estremo rispetto per qualcuno

17 (Prima persona plurale del futuro di) essere in un posto senza muoversi; essere in una determinata condizione

20 Numero che segue due e precede quattro

21 Sentimento di forte inimicizia nei confronti di qualcuno o qualcosa

22 (Prima persona singolare del presente di) inserire dati in un computer agendo su una tastiera

Verticali

1 (Plurale di) sostegno su cui posa statua, colonna, pilastro e similari

2 Annusare odori, profumi, olezzi Emettere degli odori

3 Contrazione di da ed il

5 (Terza persona dell'indicativo presente di) avere il coraggio, avere l'audacia

6 (Terza persona singolare del presente di) dare avvio

9 (Prima persona singolare dell'indicativo presente di) riuscire a reperire

11 (Plurale di) terra emersa, circondata completamente dall'acqua

12 (Plurale di) persona molto competente o esperta in una determinata arte o abilità che è in grado di trasmettere le sue conoscenze a chi vuole apprenderle

13 In questo momento

16 Che è in tensione

18 (Plurale di) insetto alato dotato di pungiglione, che produce il miele e la cera

19 (Seconda persona singolare dell'indicativo presente di) rischiare pur intuendo probabili conseguenze negative

la soluzione

¹b	i	²o	n	³d	o	■	⁴v	⁵o	l	⁶i
a	■	d	■	a	■	■	■	s	■	n
⁷s	u	o	■	⁸l	o	⁹t	t	a	v	i
i	■	r	■	■	■	r	■	■	■	z
■	■	¹⁰a	g	¹¹i	v	o	■	¹²m	a	i
¹³a	■	r	■	s	■	v	■	a	■	a
¹⁴d	e	e	■	¹⁵o	n	o	r	e	■	■
e	■	■	■	l	■	■	■	s	■	¹⁶t
¹⁷s	t	¹⁸a	r	e	m	¹⁹o	■	²⁰t	r	e
s	■	p	■	■	■	s	■	r	■	s
²¹o	d	i	o	■	²²d	i	g	i	t	o

Orizzontali

1 terza persona singolare dell'indicativo imperfetto di curare

4 (Seconda persona singolare dell'indicativo presente di) calcolare il peso di una persona o di un oggetto

8 Animale con otto zampe caratterizzato per il fatto che produce i fili delle ragnatele

9 In precedenza; più presto

10 Indica che l'azione espressa dal verbo è un fatto trascorso: "Ho ... letto quel libro"

11 (Plurale di) incontro di due linee, strade, mura eccetera

14 (Plurale di) sesto giorno della settimana; segue venerdì e precede domenica

16 (Plurale di) formazione anatomica di forma allungata e piatta la cui agitazione permette il volo in alcuni animali

20 (Seconda persona singolare dell'indicativo presente di) considerare con indulgenza una persona che ha commesso una mancanza, un errore, o che ha una colpa a proprio carico

21 Attrezzo utilizzato per afferrare o serrare parti meccaniche o di altro genere, costruito come una leva con fulcro all'estremità o al centro

22 (Seconda persona singolare dell'indicativo presente di) provare un sentimento di forte inimicizia verso qualcuno o qualcosa

23 Esprimere delle lodi per qualcuno o qualcosa

Verticali

1 Che è oggetto di amore, di affezione, degno di essere amato Che ha un costo elevato

2 (Plurale di) territorio o nazione sul quale un re, esercita la sua autorità

3 (Seconda persona singolare dell'indicativo presente di) desiderare, aspirare, auspicare

5 (Prima persona singolare dell'indicativo presente di) scansare, tenere lontano, sfuggire; agire in modo da non fare qualcosa

6 Stato dell'Europa meridionale delimitata a nord dalle Alpi e confinante con Francia, Svizzera, Austria e Slovenia, è bagnata dal Mar Tirreno, canale di Sicilia, Mar Ionio, Mare Adriatico e Mar di Sardegna

7 Protuberanza rigida, appuntita e spesso lacerante, che fuoriesce dalla superficie di alcune piante

12 (Prima persona singolare del presente di) essere al mondo, nella realtà

13 Sala all'interno d'un edificio pubblico o privato o d'una grande casa privata

15 (Plurale di) bagagliaio delle autovetture

17 Liquido a base di acqua e sali minerali che circola nelle piante permettendone l'esistenza

18 (Prima persona singolare del presente di) osservare attentamente di nascosto

19 (Terza persona singolare del presente di) tagliare alla radice; eliminare; rasare, sbarbare

la soluzione

¹c	u	²r	a	³v	a	■	⁴p	⁵e	s	⁶i
a	■	e	■	u	■	⁷s	■	v	■	t
⁸r	a	g	n	o	■	⁹p	r	i	m	a
o	■	n	■	i	■	i	■	t	■	l
■	¹⁰g	i	à	■	¹¹a	n	g	o	l	i
¹²e	■	■	■	¹³a	■	a	■	■	■	a
¹⁴s	a	¹⁵b	a	t	i	■	¹⁶a	¹⁷l	i	■
i	■	a	■	r	■	¹⁸s	■	i	■	¹⁹r
²⁰s	c	u	s	i	■	²¹p	i	n	z	a
t	■	l	■	o	■	i	■	f	■	d
²²o	d	i	i	■	²³l	o	d	a	r	e

Orizzontali

1 seconda persona singolare dell'indicativo presente di chiedere

seconda persona singolare dell'imperativo di chiedere

4 Il pelo di pecora

8 Lunga lamina adoperato come pattino per scivolare sulla neve

9 Toccare più volte qualcuno o qualcosa con la lingua

10 Misura di un capo di vestiario

(Terza persona singolare dell'indicativo presente di) dividere usando una lama affilata o un altro arnese

12 Frutto della vite

14 In mezzo a, tra

15 L'osso e più in generale la parte della gamba dal ginocchio alla caviglia

17 Saluto riverente

20 Piccolo strumento di acciaio dalla forma sottile a allungata con un'estremità appuntita e l'altra dotata di un foro in cui far passare un filo utilizzato per cucire

Attrezzo sottile a punta che si usa con la siringa per effettuare iniezioni

21 Tutte le volte; ciascuno; qualsiasi; tutti

22 Donna alla quale è morto il marito

Verticali

1 (Plurale di) edificio costruito per essere utilizzato come abitazione; la dimora di una persona

2 terza persona singolare dell'indicativo imperfetto di imitare

3 Articolo partitivo maschile singolare

5 (Terza persona singolare dell'indicativo presente di) provare un estremo sentimento di benevolenza verso una cosa o una persona; profonda passione per qualcosa

6 (Seconda persona singolare dell'indicativo futuro di) provare un estremo sentimento di benevolenza verso una cosa o una persona

7 (Plurale di) grande massa d'acqua salata che ricopre la superficie terrestre e separa i continenti

11 Privo di rughe e grinze

12 (nous) sortons

13 (Prima persona singolare del presente di) rendere tagliente una lama

16 (Terza persona singolare del presente di) esprimere delle lodi per qualcuno o qualcosa

18 Indica compagnia o unione: "Vado a scuola ... Marco"

19 Periodi di tempo di 60 minuti

la soluzione

1 c	h	2 i	e	3 d	i	■	4 l	5 a	n	6 a
a	■	m	■	e	■	7 o	■	m	■	m
8 s	c	i	■	9 l	e	c	c	a	r	e
e	■	t	■	■	■	e	■	■	■	r
■	10 t	a	g	11 l	i	a	■	12 u	v	a
13 a	■	v	■	i	■	n	■	s	■	i
14 f	r	a	■	15 s	t	i	n	c	o	■
f	■	■	■	c	■	■	■	i	■	16 l
17 i	n	18 c	h	i	n	19 o	■	20 a	g	o
l	■	o	■	o	■	r	■	m	■	d
21 o	g	n	i	■	22 v	e	d	o	v	a

Orizzontali

1 (Terza persona singolare presente indicativo di) stringere con una fune, una catena o un altro vincolo; allacciare, annodare
3 (Prima persona plurale indicativo futuro semplice di) essere in possesso di
8 renarde
9 Il punto cardinale opposto a ovest, verso oriente
10 Dispositivo usato in mare fatto di materiale galleggiante o di forma che consenta il galleggiamento che, ancorato in modo che non possa andare alla deriva, solitamente delimita porzioni di mare o serve all'attracco di imbarcazioni
Dispositivo usato in mare fatto di materiale galleggiante che solitamente delimita porzioni di mare o serve all'attracco di imbarcazioni
12 Spezia gialla o condimento
15 Scrittore; chi dà origine, chi è causa, chi inventa
16 (Prima persona dell'indicativo presente di) avere il coraggio; avere l'audacia
18 (Femminile di) che appartiene a lui/lei
19 (agricoltura) plurale di fattore
21 Attimo con cui si avvia qualcosa
22 (Plurale di) Parte destra o sinistra di un oggetto o qualsiasi altra cosa

Verticali

1 plurale di lavabo
2 Punto che ottiene la squadra che mette la palla in rete nella porta avversaria
4 Strada; modo
5 Un caso rappresentativo del gruppo o dell'insieme
6 Cifra che segue sette e precede nove; è il cubo di due
7 (Prima persona singolare del presente di) poter fare qualcosa con successo
11 (Seconda persona singolare dell'imperfetto di) dare soccorrere, assistere
13 Nessuna cosa; assenza di tutto
14 (Seconda persona singolare del presente di) emettere cibo non digerito dalla bocca
17 (Indicativo presente seconda persona singolare di) andare fuori
19 (2ª persona singolare del presente semplice indicativo di) realizzare o portare a termine qualcosa
20 Uccello domestico di notevoli dimensioni con i piedi a forma di pinna

la soluzione

1 l	e	2 g	a	■	3 a	4 v	r	5 e	m	6 o
a	■	o	■	7 r	■	i	■	s	■	t
8 v	o	l	p	i	n	a	■	9 e	s	t
a	■	■	■	e	■	■	■	m	■	o
10 b	o	11 a	■	12 s	e	13 n	a	p	e	■
i	■	i	■	c	■	i	■	i	■	14 v
■	15 a	u	t	o	r	e	■	16 o	s	o
17 e	■	t	■	■	■	n	■	■	■	m
18 s	u	a	■	19 f	a	t	t	20 o	r	i
c	■	v	■	a	■	e	■	c	■	t
21 i	n	i	z	i	o	■	22 l	a	t	i

Orizzontali

1 (Plurale di) una poesia in cui le parole finali suonano allo stesso modo

3 Il quarto mese dell'anno, segue marzo e precede maggio

8 diminutivo di coniglio Cucciolo del coniglio

9 Il destinatario di un messaggio composto da due o più persone: "Non ho mai visto bambini più caotici di ..."

10 (Femminile di) aggettivo possessivo della prima persona plurale

13 Farfalla notturna

14 (1ª pers sing presente indicativo di) essere in un posto senza muoversi

16 prima persona singolare dell'indicativo imperfetto di sbadigliare

18 (Seconda persona singolare del futuro di) rischiare pur intuendo probabili conseguenze negative

19 (Plurale di) argomento, il soggetto principale di un'opera artistica di un dato autore

Verticali

1 (Prima persona singolare del presente di) ottenere da altri: "Ho ... un dono."

2 seconda persona plurale dell'indicativo imperfetto di mendicare

4 Dopo; quindi

5 creare interesse (transitivo) to be interesting, to be of interest, to interest, to hold somebody's interest

6 Chi dà prova di grande coraggio, autore di gesta leggendarie

7 Persona che, a titolo professionale, rappresenta un'organizzazione

11 Ognuna delle due parti del corpo umano collocate nella parte rdel tronco, fra il braccio e il collo

12 (Plurale di) congegno che trasforma la combustione di un carburante o elettricità in energia meccanica

15 Organo di consistenza dura ma dotato di una certa elasticità, formante lo scheletro dei vertebrati

17 Grande rabbia

la soluzione

r	i	m	e		a	p	r	i	l	e
i		e		a		o		n		r
c	o	n	i	g	l	i	e	t	t	o
e		d		e				e		e
v	o	i		n	o	s	t	r	a	
o		c		t		p		e		m
	f	a	l	e	n	a		s	t	o
o		v				l		s		t
s	b	a	d	i	g	l	i	a	v	o
s		t		r		a		r		r
o	s	e	r	a	i		t	e	m	i

Orizzontali

1 Indica un'altezza: "... tre metri."

Che ha un'altezza maggiore della media

3 seconda persona singolare dell'indicativo presente di misurare

prima persona singolare del congiuntivo presente di misurare

7 (Participio passato di) esternare ciò che si pensa parlando

9 (Terza persona singolare dell'indicativo presente di) fermare qualcuno o qualcosa con gli arti superiori del corpo perché non scappi o non cada

10 (Participio passato di) l'aumentare progressivamente in statura e peso

12 Centro abitato di modeste dimensioni

15 (Terza persona singolare del presente di) innervosire una persona

16 (Seconda persona plurale dell'indicativo presente di) rischiare pur intuendo probabili conseguenze negative

17 Concernente l'ora, ripartizione delle ore, calcolato a ore

Un programma tabellare degli eventi con gli orari in cui si verificano

18 Realizzare o portare a termine qualcosa

Compiere un'azione

Verticali

1 di persona, coraggiosa; spericolata

(per estensione) di azione, pericolosa

2 (Femminile plurale di) persone o cose considerate nel loro insieme

4 prima persona plurale dell'indicativo presente di istruire

prima persona plurale del congiuntivo presente di istruire

5 Organo posto nel basso ventre delle femmine degli animali, nel quale concepiscono e portano il feto

6 Rappresentazione di qualcosa che esiste soltanto nella mente

8 seconda persona singolare dell'indicativo imperfetto di oscillare

11 (Plurale di) oggetto metallico circolare di piccole dimensioni, dal valore finanziario simbolico

12 (Terza persona singolare dell'indicativo presente di) riversare, far confluire

13 Pietra dura di aspetto ceroso e calda al tatto, traslucida e di colore verde, usata fin dall'antichità per oggetti di pregio, soprattutto in Oriente

14 Azione; parte in cui è suddivisa un'opera teatrale

la soluzione

¹a	l	²t	o	■	³m	⁴i	s	⁵u	r	⁶i
u	■	u	■	■	■	s	■	t	■	d
⁷d	e	t	t	⁸o	■	⁹t	i	e	n	e
a	■	t	■	s	■	r	■	r	■	a
¹⁰c	r	e	s	c	i	u	t	o	■	■
e	■	■	■	i	■	i	■	■	¹¹m	
■	■	¹²v	i	l	l	a	g	¹³g	i	o
¹⁴a	■	e	■	l	■	m	■	i	■	n
¹⁵t	u	r	b	a	■	¹⁶o	s	a	t	e
t	■	s	■	v	■	■	d	■	t	
¹⁷o	r	a	r	i	o	■	¹⁸f	a	r	e

Orizzontali

1 (Prima persona plurale dell'imperfetto presente di) consegnare o porgere un oggetto a qualcuno

4 (Prima persona singolare dell'indicativo presente di) mettere giù qualcosa

(Prima persona singolare dell'indicativo presente di) stare in posa, farsi ritrarre o fotografare

7 Nega il significato di ciò che segue

8 (Seconda persona singolare dell'imperfetto di) portare rispetto con devozione a un Dio

(Seconda persona singolare dell'imperfetto di) amare immensamente qualcuno

10 (Prima persona singolare dell'indicativo imperfetto di) mettere insieme

12 Indica il moto attraverso un luogo: "Sono passato ... il centro"

Indica destinazione: "Questo è il treno ... Londra"

14 L'atto di usare

Usanza

15 (Plurale di) il frutto dell'ulivo usato a scopo alimentare sia per l'estrazione dell'olio

17 Strumento che ha la funzione di illuminare

20 (Seconda persona singolare dell'indicativo presente di) rischiare pur intuendo probabili conseguenze negative

21 Sentimento di forte inimicizia nei confronti di qualcuno o qualcosa

22 Strada urbana secondaria molto stretta

Verticali

1 Accumulo di sabbia modellato dall'azione dei venti

2 (Participio passato di) cedere, in cambio di moneta, la proprietà e/o l'uso di qualcosa

3 (Femminile di) che appartiene a me

5 (Terza persona dell'indicativo presente di) avere il coraggio, avere l'audacia

6 (Prima persona singolare del futuro di) provare un sentimento di forte inimicizia verso qualcuno o qualcosa

9 (Plurale di) emanazione volatile di un oggetto, percepita dall'uomo e dagli animali per mezzo dal naso

11 Terra emersa, circondata completamente dall'acqua

12 terza persona plurale dell'indicativo presente di premere

13 Specifica persona, animale, cosa lontani da chi parla

16 Alimento che viene ingerito dall'uomo o dall'animale

18 Nessuna volta; mai più: non ancora una volta ulteriore

19 (Seconda persona singolare del presente indicativo di) provare un estremo sentimento di benevolenza verso una cosa o una persona

¹d	a	²v	a	³m	o	■	⁴p	⁵o	s	o⁶
u	■	e	■	i	■	■	■	s	■	d
⁷n	o	n	■	⁸a	d	⁹o	r	a	v	i
a	■	d	■	■	■	d	■	■	■	e
■	■	¹⁰u	n	¹¹i	v	o	■	¹²p	e	r
¹³q	■	t	■	s	■	r	■	r	■	ò
¹⁴u	s	o	■	¹⁵o	l	i	v	e	■	■
e	■	■	■	l	■	■	■	m	■	¹⁶c
¹⁷l	a	¹⁸m	p	a	d	¹⁹a	■	²⁰o	s	i
l	■	a	■	■	■	m	■	n	■	b
²¹o	d	i	o	■	²²v	i	c	o	l	o

Orizzontali

1 terza persona singolare dell'indicativo presente di agire

4 Edificio collocato su un punto ben visibile della costa per le segnalazioni luminose ad ausilio della navigazione marittima notturna Proiettore per gli autoveicoli adatti ad illuminare la strada

7 Terza persona singolare, femminile: "... ti aiuterà"

8 Che non serve a nulla

10 (Seconda persona singolare dell'indicativo presente di) fermare qualcuno o qualcosa con gli arti superiori del corpo perché non scappi o non cada

12 Frutto della vite

14 (Prima persona dell'indicativo presente di) avere il coraggio; avere l'audacia

15 Procedere ad effettuare un'azione; (teatro) recitare

17 (ils) pendent;

20 Ritorno deformato di un suono nel luogo di partenza che è causato dal suo riflesso contro un ostacolo

21 Tutte le volte; ciascuno; qualsiasi; tutti

22 (Prima persona singolare del presente di) ottenere da altri: "Ho ... un dono."

Verticali

1 Sala per lezioni nelle scuole e nelle università

2 (Prima persona singolare del presente di) inserire una sostanza medica in tessuti

3 Colui il quale

5 (Seconda persona singolare del presente indicativo di) provare un estremo sentimento di benevolenza verso una cosa o una persona

6 (Seconda persona singolare del futuro di) rischiare pur intuendo probabili conseguenze negative

9 (Seconda persona singolare dell'indicativo imperfetto di) mettere insieme

11 (Terza persona plurale dell'indicativo imperfetto di) stare, esistere

12 (Seconda persona plurale dell'indicativo futuro di) utilizzare qualcosa per uno scopo

13 Due volte

16 (Prima persona singolare del presente semplice indicativo di) assaporare qualcosa, appagare i sensi

18 Nega il significato di ciò che segue

19 (Seconda persona singolare dell'indicativo presente di) rischiare pur intuendo probabili conseguenze negative

1 a	g	2 i	s	3 c	e	■	4 f	5 a	r	6 o
u	■	n	■	h	■	■	■	m	■	s
7 l	e	i	■	8 i	n	9 u	t	i	l	e
a	■	e	■	■	n	■	■	■	■	r
■	■	10 t	i	11 e	n	i	■	12 u	v	a
13 d	■	t	■	r	■	v	■	s	■	i
14 o	s	o	■	15 a	g	i	r	e	■	■
p	■	■	■	n	■	■	■	r	■	16 g
17 p	18 e	n	d	o	n	19 o	■	20 e	c	o
i	o	■	■	■	■	s	■	t	■	d
21 o	g	n	i	■	22 r	i	c	e	v	o

Orizzontali

1 In mezzo a
Indica la distanza fra due luoghi
3 (Plurale di) lingua di fuoco
6 participio presente plurale di carburare
7 (Prima persona dell'indicativo presente di) trascinare, rimorchiare (un carico, una macchina, ecc.)
10 Concernente l'ora, ripartizione delle ore, calcolato a ore Un programma tabellare degli eventi con gli orari in cui si verificano
11 prima persona singolare dell'indicativo imperfetto di frantumare
12 (Terza persona singolare del presente di) prendere legalmente come proprio figlio, il figlio altrui
13 Periodi di tempo di 60 minuti

Verticali

1 (je me) taisais
2 (Prima persona plurale dell'imperfetto di) giungere in un determinato posto, raggiungere un certo luogo
3 plurale di frutto seconda persona singolare dell'indicativo presente di fruttare
4 1ª persona plurale dell'imperfetto semplice indicativo di mangiare
5 (Seconda persona singolare dell'indicativo imperfetto di) stare, esistere
8 Osso del ginocchio
9 Lega metallica di rame e zinco
11 In mezzo a, tra

t	r	a		f	i	a	m	m	e
a		r		r			a		r
c	a	r	b	u	r	a	n	t	i
e		i		t			g		
v		v		t	r	a	i	n	o
o	r	a	r	i	o		a		t
		v			t		v		t
f	r	a	n	t	u	m	a	v	o
r		m			l		m		n
a	d	o	t	t	a		o	r	e

Orizzontali

1 (Femminile plurale di) chi pratica uno sport, in particolare l'atletica leggera

4 (Plurale di) parola con la quale si identifica una persona, un animale o una cosa

8 Il punto cardinale opposto a ovest, verso oriente

9 seconda persona singolare dell'indicativo imperfetto di turbare

10 seconda persona singolare dell'indicativo imperfetto di migliorare

13 Incutere paura

15 Indicazione e procedimento per preparare un piatto

17 Insetto dotato di pungiglione, che produce il miele

18 (Plurale di) mammifero noto per il suo verso simile ad una risata e per di nutrirsi delle carogne

19 Esperienza sensoriale spiacevole, associata a danno in atto o potenziale di un tessuto

Verticali

1 Spazio limitato di terra

2 Un piccolo contenitore metallico destinato prevalentemente a bibite o generi alimentari ma anche per sostanze non alimentari, come l'olio per motori

3 in modo totale, del tutto

5 Uccello domestico di notevoli dimensioni con i piedi a forma di pinna

6 Attimo con cui si avvia qualcosa

7 prima persona plurale dell'indicativo presente di arrostare prima persona plurale del congiuntivo presente di arrostare

11 (Prima persona plurale del presente di) rendere aperto, schiudere

12 (Seconda persona singolare dell'indicativo futuro di) utilizzare qualcosa per uno scopo

14 terza persona singolare dell'indicativo presente di cedere

16 Indica compagnia o unione: "Vado a scuola ... Marco"

¹a	t	²l	e	³t	e	■	⁴n	⁵o	m	⁶i
r	■	a	■	o	■	⁷a	■	c	■	n
⁸e	s	t	■	⁹t	u	r	b	a	v	i
a	■	t	■	a	■	r	■	■	■	z
■	¹⁰m	i	g	l	i	o	r	¹¹a	v	i
¹²u	■	n	■	m	■	s	■	p	■	o
¹³s	p	a	v	e	n	t	a	r	e	■
e	■	■	■	n	■	i	■	i	■	¹⁴c
¹⁵r	¹⁶i	c	e	t	t	a	■	¹⁷a	p	e
a	■	o	■	e	■	m	■	m	■	d
¹⁸i	e	n	e	■	¹⁹d	o	l	o	r	e

Orizzontali

1 (Prima persona singolare dell'indicativo presente di) pulire qualcosa utilizzando l' acqua ed anche il sapone

3 (Prima persona singolare dell'imperfetto di) assaporare qualcosa; essere profondamente soddisfatto

8 Tavola generalmente in legno che viene usata come sedile per una o più persone

9 (Plurale di) struttura di un'imbarcazione o di un corpo galleggiante

10 (Prima persona singolare del presente di) poter fare qualcosa con successo

11 (Plurale di) fratello di uno dei due genitori rispetto ai figli di questi

14 Del colore del cielo e del mare profondo

16 seconda persona plurale dell'indicativo presente di pagare seconda persona plurale dell'imperativo di pagare

20 (Plurale di) parte puntuta

21 (Participio passato di) essere in possesso di

22 (Seconda persona singolare dell'indicativo futuro di) procedere ad effettuare un'azione; (teatro) recitare

23 Seguente; in un momento successivo: "Lo farò ..."

Verticali

1 (biologia) (anatomia) (fisiologia) (medicina) parte esterna e carnosa che circonda la bocca, copre i denti e coopera alla formazione dei suoni e all'articolazione delle parole specificatamente al plurale, la bocca intesa come organo per parlare

2 (Terza persona singolare dell'indicativo presente di) cedere, in cambio di moneta, la proprietà e/o l'uso di qualcosa

4 (Femmina di) mammifero di grosse dimensioni, caratterizzato da pelame folto e ispido, zampe corte e tozze, testa grande, coda corta e unghie molto forti

5 (Plurale di) valutazione, prova sostenuta da uno studente

6 Sostanza liquida che unge

7 (Seconda persona singolare del presente di) avvolgere una o più volte con un movimento a spirale, come attorcigliando o spremendo o strizzando, un oggetto intorno a sé stesso

12 (Seconda persona singolare dell'indicativo futuro di) realizzare o portare a termine qualcosa; compiere un'azione

13 (astronomia) cento anni (storia) periodo storico di durata variabile che si contraddistingue per una sua peculiarità

15 (Plurale di) oggetto di vetro o cristallo, che costituisce un sistema ottico, limitato da due superfici di cui almeno una curva

(Plurale di) che si muove con lentezza

Orizzontali

Verticali

17 Soccorso effettuato verso qualcuno che si trovi in difficoltà o in pericolo

18 Chi cerca di ottenere clandestinamente informazioni riservate o segrete sull'organizzazione economica, politica e militare di uno stato, in tempo sia di pace che di guerra, col fine di offrire una descrizione completa del paese che interessa

19 Materiale prodotto dalle api ed usato per creare oggetti, ad esempio candele

1 l	a	2 v	o	■	3 g	4 o	d	5 e	v	6 o
a	■	e	■	7 t	■	r	■	s	■	l
8 b	a	n	c	o	■	9 s	c	a	f	i
b	■	d	■	r	■	a	■	m	■	o
10 r	i	e	s	c	o	■	11 z	i	i	■
o	■	■	■	i	■	12 f	■	■	■	13 s
■	14 b	15 l	u	■	16 p	a	g	17 a	t	e
18 s	■	e	■	19 c	■	r	■	i	■	c
20 p	u	n	t	e	■	21 a	v	u	t	o
i	■	t	■	r	■	i	■	t	■	l
22 a	g	i	r	a	i	■	23 d	o	p	o

Orizzontali

1   (Seconda persona singolare dell'indicativo presente di) rasare, sbarbare, depilare

3   prima persona singolare dell'indicativo imperfetto di fumare

8   (Terza persona singolare dell'indicativo presente di) andare in luoghi e paesi lontani, peregrinare

9   Il destinatario di un messaggio composto da due o più persone: "Non ho mai visto bambini più caotici di ..."

10   (Seconda persona singolare dell'indicativo presente di) consegnare o porgere un oggetto; rendere, porgere, regalare

12   (Plurale di) pesante oggetto metallico legato ad una imbarcazione e fatto scendere sul fondale per evitare gli effetti trascinanti della corrente marina

15   Che brucia; che sta funzionando tramite energia elettrica o meccanica
(Participio passato di) comunicare, applicare la fiamma

16   Metallo prezioso di colore giallo brillante

18   Cifra che segue cinque e precede sette

19   Scagliare qualcosa, buttare, lanciare

21   (Terza persona singolare del presente di) dare avvio

22   Maschio dei bovini

Verticali

1   Difforme al tatto; non liscio

2   Divinità femminile

4   (Terza persona singolare dell'indicativo presente di) utilizzare qualcosa per uno scopo

5   prima persona singolare dell'indicativo presente di avvertire

6   (Seconda persona singolare dell'indicativo presente di) provare un sentimento di forte inimicizia verso qualcuno o qualcosa

7   Totalmente con le stesse caratteristiche

11   (Plurale di) saluto riverente

13   Lo strato esterno, croccante e friabile, del pane

14   (je) devais

17   (Indicativo presente seconda persona singolare di) andare fuori

19   Articolo determinativo maschile plurale

20   Piccolo strumento di acciaio dalla forma sottile a allungata con un'estremità appuntita e l'altra dotata di un foro in cui far passare un filo utilizzato per cucire
Attrezzo sottile a punta che si usa con la siringa per effettuare iniezioni

¹r	a	²d	i	■	³f	⁴u	m	⁵a	v	⁶o
u	■	e	■	⁷u	■	s	■	v	■	d
⁸v	i	a	g	g	i	a	■	⁹v	o	i
i	■	■	■	u	■	■	■	e	■	i
¹⁰d	a	¹¹i	■	¹²a	n	¹³c	o	r	e	■
o	■	n	■	l	■	r	■	t	■	¹⁴d
■	¹⁵a	c	c	e	s	o	■	¹⁶o	r	o
¹⁷e	■	h	■	■	■	s	■	■	■	v
¹⁸s	e	i	■	¹⁹g	e	t	t	²⁰a	r	e
c	■	n	■	l	■	a	■	g	■	v
²¹i	n	i	z	i	a	■	²²t	o	r	o

Orizzontali

1   Ampia superficie di terreno

3   Truffare nei giochi di carte o dadi

8   Percorso, specialmente di un fiume o simile
Studio organizzato ed insegnato: "Oggi vado al ... d'inglese."

9   (Terza persona plurale dell'indicativo presente di) rischiare pur intuendo probabili conseguenze negative

10   (Seconda persona singolare dell'indicativo presente di) essere in possesso di

11   plurale di stuoia

14   (Seconda persona singolare del presente di) preparare ad una competizione

16   Dopo; quindi

18   (Prima persona singolare del presente indicativo di) azionare una pistola
Detonazione d'arma da fuoco

20   Che ha un desiderio intenso, quasi ossessivo, di qualcosa

21   (Seconda persona singolare dell'indicativo futuro di) provare un estremo sentimento di benevolenza verso una cosa o una persona

22   (Prima persona singolare presente di) esprimere delle lodi per qualcuno o qualcosa

Verticali

1   (Plurale di) acaro ematofago parassita dell'uomo e degli altri animali

2   (Plurale di) elemento di trasmissione degli impulsi del sistema nervoso

4   (Prima persona singolare indicativo presente di) provare un estremo sentimento di benevolenza verso una cosa o una persona

5   (Seconda persona singolare dell'imperfetto di) provare profonda attrazione emotiva e fisica nei confronti di un'altra persona

6   Chi dà prova di grande coraggio, autore di gesta leggendarie

7   (Plurale di) parte di strada che fa procedere veicoli in una sola direzione

12   (Seconda persona singolare dell'indicativo futuro di) mettere insieme

13   (Terza persona plurale del presente di) manifestare allegria, gioia, divertimento attraverso movimenti del viso e suoni della voce

15   Che agisce con sincerità; fedele, fidato

16   Che non è preceduto da altro, l'inizio di una serie

17   Cibo che si offre in pasto ad un animale per attirarlo, spesso allo scopo di metterlo in trappola

19   (Terza persona dell'indicativo presente di) avere il coraggio, avere l'audacia

z	o	n	a	■	b	a	r	a	r	e
e	■	e	■	c	■	m	■	m	■	r
c	o	r	s	o	■	o	s	a	n	o
c	■	v	■	r	■	■	v	■	■	e
h	a	i	■	s	t	u	o	i	e	■
e	■	■	■	i	■	n	■	■	■	r
■	a	l	l	e	n	i	■	p	o	i
e	■	e	■	■	■	r	■	r	■	d
s	p	a	r	o	■	a	v	i	d	o
c	■	l	■	s	■	i	■	m	■	n
a	m	e	r	a	i	■	l	o	d	o

Orizzontali

1 Prodotto alimentare ottenuto dalla lievitazione e cottura di un impasto di farina

3 Le quattro parti in cui è diviso l'intero

8 (Terza persona plurale dell'indicativo presente di) conoscere una cosa, un fatto

9 (Terza persona singolare dell'indicativo presente di) desiderare qualcosa

10 Strumento musicale a bocchino

11 Dispositivo usato in mare fatto di materiale galleggiante o di forma che consenta il galleggiamento che, ancorato in modo che non possa andare alla deriva, solitamente delimita porzioni di mare o serve all'attracco di imbarcazioni Dispositivo usato in mare fatto di materiale galleggiante che solitamente delimita porzioni di mare o serve all'attracco di imbarcazioni

14 Ritorno deformato di un suono nel luogo di partenza che è causato dal suo riflesso contro un ostacolo

16 (Prima persona singolare del presente di) uccidere annegando o togliendo il respiro

20 Non quelli citati in precedenza

21 In possesso di soldi molto superiori alla norma

22 Il premio nelle competizioni sportive

23 (Terza persona singolare dell'indicativo presente di) esprimere ciò che si pensa parlando

Verticali

1 (Seconda persona plurale del presente di) calcolare il peso di una persona o di un oggetto

2 Nei confronti di un figlio o di una figlia, il padre del padre o madre

4 Un oggetto prodotto da una gallina, contenente un tuorlo, usato per l'alimentazione

5 Parte svolta da un personaggio in un racconto, romanzo o opera teatrale

6 (Plurale di) pensiero, rappresentazione di qualcosa che esiste soltanto nella mente

7 Esplosivo con un dispositivo che lo fa scoppiare all'urto col bersaglio o a a telecomando

12 La forma di una palla

13 La fibra ottenuta dalla bambagia usata nell'abbigliamento

15 (Participio passato di) sottoporre alimenti all'azione del fuoco o d'una sorgente di calore

17 (Plurale di) organo sensoriale della vista

18 distribution

19 Stato dell'America meridionale, capitale Santiago

¹p	a	²n	e	■	³q	⁴u	a	⁵r	t	⁶i
e	■	o	■	⁷b	■	o	■	u	■	d
⁸s	a	n	n	o	■	⁹v	u	o	l	e
a	■	n	■	m	■	o	■	l	■	e
¹⁰t	r	o	m	b	a	■	¹¹b	o	a	■
e	■	■	■	a	■	¹²s	■	■	■	¹³c
■	¹⁴e	¹⁵c	o	■	¹⁶a	f	f	¹⁷o	g	o
¹⁸c	■	o	■	¹⁹c	■	e	■	c	■	t
²⁰a	l	t	r	i	■	²¹r	i	c	c	o
s	■	t	■	l	■	a	■	h	■	n
²²t	r	o	f	e	o	■	²³d	i	c	e

Orizzontali

1 Prodotto alimentare ottenuto dalla lievitazione e cottura di un impasto di farina

3 Le quattro parti in cui è diviso l'intero

8 (Terza persona plurale dell'indicativo presente di) conoscere una cosa, un fatto

9 (Terza persona singolare dell'indicativo presente di) desiderare qualcosa

10 Strumento musicale a bocchino

11 Dispositivo usato in mare fatto di materiale galleggiante o di forma che consenta il galleggiamento che, ancorato in modo che non possa andare alla deriva, solitamente delimita porzioni di mare o serve all'attracco di imbarcazioni Dispositivo usato in mare fatto di materiale galleggiante che solitamente delimita porzioni di mare o serve all'attracco di imbarcazioni

14 Ritorno deformato di un suono nel luogo di partenza che è causato dal suo riflesso contro un ostacolo

16 (Prima persona singolare del presente di) uccidere annegando o togliendo il respiro

20 Non quelli citati in precedenza

21 In possesso di soldi molto superiori alla norma

22 Il premio nelle competizioni sportive

23 (Terza persona singolare dell'indicativo presente di) esprimere ciò che si pensa parlando

Verticali

1 (Seconda persona plurale del presente di) calcolare il peso di una persona o di un oggetto

2 Nei confronti di un figlio o di una figlia, il padre del padre o madre

4 Un oggetto prodotto da una gallina, contenente un tuorlo, usato per l'alimentazione

5 Parte svolta da un personaggio in un racconto, romanzo o opera teatrale

6 (Plurale di) pensiero, rappresentazione di qualcosa che esiste soltanto nella mente

7 Esplosivo con un dispositivo che lo fa scoppiare all'urto col bersaglio o a a telecomando

12 La forma di una palla

13 La fibra ottenuta dalla bambagia usata nell'abbigliamento

15 (Participio passato di) sottoporre alimenti all'azione del fuoco o d'una sorgente di calore

17 (Plurale di) organo sensoriale della vista

18 distribution

19 Stato dell'America meridionale, capitale Santiago

p	a	n	e	■	q	u	a	r	t	i
e	■	o	■	b	■	o	■	u	■	d
s	a	n	n	o	■	v	u	o	l	e
a	■	n	■	m	■	o	■	l	■	e
t	r	o	m	b	a	■	b	o	a	■
e	■	■	■	a	■	s	■	■	■	c
■	e	c	o	■	a	f	f	o	g	o
c	■	o	■	c	■	e	■	c	■	t
a	l	t	r	i	■	r	i	c	c	o
s	■	t	■	l	■	a	■	h	■	n
t	r	o	f	e	o	■	d	i	c	e

Orizzontali

1 Uccello notturno
3 (Prima persona singolare dell'imperfetto di) andare dall'alto al basso per via della forza di gravità, quando viene a mancare l'equilibrio
8 terza persona singolare dell'indicativo imperfetto di esigere
9 (Plurale di) formazione anatomica di forma allungata e piatta la cui agitazione permette il volo in alcuni animali
10 Bevanda alcolica ottenuta dalla distillazione del succo o della melassa della canna da zucchero
12 Stato dell'Europa meridionale delimitata a nord dalle Alpi e confinante con Francia, Svizzera, Austria e Slovenia, è bagnata dal Mar Tirreno, canale di Sicilia, Mar Ionio, Mare Adriatico e Mar di Sardegna
15 Maschio della pecora munito di corna
16 (Seconda persona singolare dell'indicativo presente di) rischiare pur intuendo probabili conseguenze negative
18 (Seconda persona singolare dell'indicativo presente di) conoscere una cosa, un fatto
19 prima persona singolare dell'indicativo presente di mobiliare
21 (Seconda persona singolare del futuro di) rischiare pur intuendo probabili conseguenze negative
22 (Seconda persona singolare dell'indicativo presente di) manifestare allegria, gioia, divertimento attraverso movimenti del viso e suoni della voce

Verticali

1 Scontro armato tra Stati
2 (2ª persona singolare del presente semplice indicativo di) realizzare o portare a termine qualcosa
4 (Terza persona singolare dell'indicativo presente di) provare un estremo sentimento di benevolenza verso una cosa o una persona; profonda passione per qualcosa
5 prima persona singolare dell'indicativo presente di esaminare
6 Sentimento di forte inimicizia nei confronti di qualcuno o qualcosa
7 (Seconda persona plurale del presente dì) dirigersi verso qualcuno
11 andare a male (senso figurato)
13 Non ancora maturo
14 (Plurale di) figlio di un fratello; figlio di un figlio
17 (Prima persona singolare del presente indicativo di) andare fuori
19 (Femminile di) che appartiene a me
20 Terza persona singolare, femminile: "... ti aiuterà"

1 g	u	2 f	o		3 c	4 a	d	5 e	v	6 o
u		a		7 v		m		s		d
8 e	s	i	g	e	v	a		9 a	l	i
r				n				m		o
10 r	u	11 m		12 i	t	13 a	l	i	a	
a		a		t		c		n		14 n
	15 a	r	i	e	t	e		16 o	s	i
17 e		c				r				p
18 s	a	i		19 m	o	b	i	20 l	i	o
c		r		i		o		e		t
21 o	s	e	r	a	i		22 r	i	d	i

Orizzontali

1 (Prima singolare del l'imperfetto di) desiderare qualcosa

4 (Plurale di) che appartiene a lui/lei: "i ... figli"

8 Indica compagnia o unione: "Vado a scuola ... Marco"

9 (Plurale di) nido delle api

10 (Prima persona plurale dell'imperfetto presente di) consegnare o porgere un oggetto a qualcuno

12 Contrazione di in e i

14 L'atto di usare Usanza

15 Luogo o edificio dove si svolgone le rappresentazioni di tragedie, commedie, opere musicali o riunioni di persone

17 seconda persona plurale dell'indicativo passato remoto di finire seconda persona plurale del congiuntivo imperfetto di finire

20 (Plurale di) la sorella di un genitore

21 Contrazione di a e la

22 Petto, regione del corpo compresa tra il collo e l'addome

Verticali

1 Il suono umano prodotto dalla laringe, dove hanno sede le corde vocali

2 A distanza non breve

3 Strada; modo

5 Articolo indeterminativo

6 Attimo con cui si avvia qualcosa

7 (Terza persona singolare del presente di) rendere vuoto; rimuovere il contenuto di

11 Periodo tra il preavviso di un accadimento e il suo realizzarsi

12 noirceur

13 copricapo che si chiude sotto il mento tramite due nastri, lasciando il viso scoperto; utilizzato per igiene e per tenere i capelli in ordine singolo dispositivo acustico per ascoltare individualmente musica o suoni

16 Organo deputato al filtraggio del sangue e alla produzione di urina

18 Contrazione di in e il

19 (Prima persona singolare dell'indicativo imperfetto di) stare, esistere

¹v	o	²l	e	³v	o	■	⁴s	⁵u	o	⁶i
o	■	o	■	i	■	⁷s	■	n	■	n
⁸c	o	n	■	⁹a	l	v	e	a	r	i
e	■	t	■	■	■	u	■	■	■	z
■	¹⁰d	a	v	¹¹a	m	o	■	¹²n	e	i
¹³c	■	n	■	t	■	t	■	e	■	o
¹⁴u	s	o	■	¹⁵t	e	a	t	r	o	■
f	■	■	■	e	■	■	■	e	■	¹⁶r
¹⁷f	i	¹⁸n	i	s	t	¹⁹e	■	²⁰z	i	e
i	■	e	■	a	■	r	■	z	■	n
²¹a	l	l	a	■	²²t	o	r	a	c	e

Orizzontali

1 Necessità di agire in modo rapido

4 (Prima persona singolare dell'imperfetto di) consegnare o porgere un oggetto a qualcuno

7 Cifra che segue l'uno e precede il tre

8 (Plurale di) inizio di qualcosa

10 Affetto da malattia mentale

12 Nega il significato di ciò che segue

14 Numero dopo zero e prima di due

15 Spazio visibile di vario colore che sovrasta la terra

17 (Plurale di) strumento che ha la funzione di illuminare

20 (Plurale di) insetto alato dotato di pungiglione, che produce il miele e la cera

21 (Terza persona singolare dell'indicativo presente di) provare un sentimento di forte inimicizia verso qualcuno o qualcosa

22 (Plurale di) colui, colei o coloro che abitano accanto

Verticali

1 Il credere fermamente in qualcosa o qualcuno

2 Un caso rappresentativo del gruppo o dell'insieme

3 Che appartiene a te

5 (Seconda persona singolare del presente indicativo di) provare un estremo sentimento di benevolenza verso una cosa o una persona

6 (Terza persona plurale dell'indicativo presente di) provare un sentimento di forte inimicizia verso qualcuno o qualcosa

9 (Plurale di) terra emersa, circondata completamente dall'acqua

11 Grande verdura arancione

12 (Seconda persona singolare dell'imperfetto di) spostarsi con le proprie forze sulla superficie dell'acqua, o sotto di essa

13 Specifica persona, animale, cosa lontani da chi parla

16 (Abbreviata di) mezzo meccanico di trasporto su due ruote azionato dalla forza delle gambe che agiscono su pedali collegati alla ruota posteriore per mezzo di una catena metallica azionante un rapporto a corona dentata

18 Nessuna volta; mai più: non ancora una volta ulteriore

19 (Seconda persona singolare dell'indicativo imperfetto di) stare, esistere

¹f	r	²e	t	t	a	■	⁴d	⁵a	v	⁶o
e	■	s	■	u	■	■	■	m	■	d
⁷d	u	e	■	⁸o	r	⁹i	g	i	n	i
e	■	m	■	■	■	s	■	■	■	a
■	■	¹⁰p	a	¹¹z	z	o	■	¹²n	o	n
¹³q	■	i	■	u	■	l	■	u	■	o
¹⁴u	n	o	■	¹⁵c	i	e	l	o	■	■
e	■	■	■	c	■	■	■	t	■	¹⁶b
¹⁷l	¹⁸a	m	p	a	d	¹⁹e	■	²⁰a	p	i
l	■	a	■	■	r	■	v	■	c
²¹o	d	i	a	■	²²v	i	c	i	n	i

Orizzontali

1 Che non si può piegare nè deformare in alcun modo, quindi duro non elastico, indurito dal freddo

4 (Seconda persona singolare dell'indicativo presente di) rendere aperto, schiudere, fare spazio

8 Il destinatario di un messaggio composto da due o più persone: "Non ho mai visto bambini più caotici di ..."

9 (Seconda persona singolare dell'indicativo futuro di) provare un sentimento di forte inimicizia verso qualcuno o qualcosa

10 Quando, allorché, durante, nel frattempo, intanto che, nel tempo in cui

12 Lunga lamina adoperato come pattino per scivolare sulla neve

14 (Terza persona singolare del presente di) avere la facoltà di fare qualcosa

15 Sezione contenuta dello spazio di un edificio, circondata da muri; quando le dimensioni sono vaste si parla di sala, salone o soggiorno

17 Un contenitore cilindrico, attaccato a un manico semicircolare, di solito usati per trasportare acqua

20 Uccello domestico di notevoli dimensioni con i piedi a forma di pinna

21 (Terza persona singolare del presente di) ungere con olio

22 Uomo che ha contratto matrimonio

Verticali

1 (Plurale di) ultima parte di terra contigua con il mare, oppure un fiume o un ambiente lacustre

2 prima persona singolare dell'indicativo futuro di guidare

3 Un essere sovrannaturale

5 Indica il moto attraverso un luogo: "Sono passato ... il centro" Indica destinazione: "Questo è il treno ... Londra"

6 (Terza persona singolare del presente di) dare avvio

7 (Terza persona singolare dell'imperfetto di) manifestare allegria, gioia, divertimento attraverso movimenti del viso e suoni della voce

11 (Plurale di) sacchetto cucito su un vestito atto ad accogliere piccoli oggetti

12 (Plurale di) divisione, suddivisione, ciascuna delle parti in cui è diviso qualcosa

13 Che ha un certo spessore
Di frequente

16 (Prima persona singolare del presente di) tagliare alla radice; eliminare; rasare, sbarbare

18 Colui il quale

19 Periodo di tempo di 60 minuti
In questo momento, in questo istante

1 r	i	2 g	i	3 d	o	■	4 a	5 p	r	6 i
i	■	u	■	i	■	7 r	■	e	■	n
8 v	o	i	■	9 o	d	i	e	r	a	i
e	■	d	■	■	■	d	■	■	■	z
■	10 m	e	n	11 t	r	e	■	12 s	c	i
13 s	■	r	■	a	■	v	■	e	■	a
14 p	u	ò	■	15 s	t	a	n	z	a	■
e	■	■	■	c	■	■	■	i	■	16 r
17 s	e	18 c	c	h	i	19 o	■	20 o	c	a
s	■	h	■	e	■	r	■	n	■	d
21 o	l	i	a	■	22 m	a	r	i	t	o

Orizzontali

1 Sala per lezioni nelle scuole e nelle università

3 serie di individui od oggetti distinti ma raggruppati secondo precisi criteri

(religione) appartenenza per caratteristiche valoriali condivise ed accettate

8 Bevanda alcolica fermentata fatta con orzo e luppolo

9 Riferito a un intero gruppo o categoria

10 (Prima persona singolare del presente di) poter fare qualcosa con successo

11 Fratello di uno dei due genitori rispetto ai figli di questi

14 (Féminin pluriel de) che appartiene a lui/lei

16 (Prima persona singolare del presente semplice di) procedere ad effettuare un'azione; (teatro) recitare

20 Valutazione a cui un individuo è soggetto per ottenere una promozione se è uno studente, o l'abilitazione alla professione se è un lavoratore

21 plurale di turno

22 Concernente l'ora, ripartizione delle ore, calcolato a ore Un programma tabellare degli eventi con gli orari in cui si verificano

23 (Plurale di) attrezzo utilizzato per remare

Verticali

1 Vegetale perenne dotato di un fusto legnoso molto alto, spesso e duro, detto tronco, di rami in genere coperti di foglie

2 (Plurale di) stato immaturo degli insetti

4 Unione di vari lacci atta a pescare

5 (Plurale di) torace, busto

6 (Seconda persona singolare dell'indicativo presente di) provare un sentimento di forte inimicizia verso qualcuno o qualcosa

7 Mezzo di trasporto di dimensioni limitate si usa in mare o in fiumi o laghi

12 (Seconda persona plurale dell'indicativo presente di) effettuare un'azione; recitare

13 Numero naturale che segue l'undici e precede il tredici; è tre volte il quadrato di due

15 (Terza persona singolare dell'indicativo imperfetto di) utilizzare qualcosa per uno scopo

17 (Terza persona singolare dell'indicativo presente di) dare ai clienti ciò di cui necessitano in una bottega o in un bar

18 Piccola formazione sottile e filiforme che cresce sulla pelle

19 Giorno che precede direttamente l'oggi

1 a	u	2 l	a		3 g	4 r	u	5 p	p	6 o
l		a		7 b		e		e		d
8 b	i	r	r	a		9 t	u	t	t	i
e		v		r		e		t		i
10 r	i	e	s	c	o		11 z	i	o	
o				a		12 a				13 d
	14 s	15 u	e		16 a	g	i	17 s	c	o
18 p		s		19 i		i		e		d
20 e	s	a	m	e		21 t	u	r	n	i
l		v		r		e		v		c
22 o	r	a	r	i	o		23 r	e	m	i

Made in United States
Orlando, FL
14 April 2024

45803802R00075